U0108287

台灣書房

台灣書房

歌仔冊起鼓

語言、文學與文化

杜建坊 著

台灣書居 印行

語言 文學 與文化

唸歌結緣

歌仔冊之文化及文學形式

歌仔冊之解讀法及語言型態

不只好爽「put^{4}li^{2}ho^{2}sŋ^2」（preface）

《歌仔冊起鼓》收筆者兩篇文章，一是〈歌仔冊之解讀法及語言型態〉本文「節刪本」發表於：中山大學，台灣漢語方言研究工作坊之研討會，2007.5.18名曰：〈歌仔冊之語言型態及台閩次方言判定法探討〉，本篇就「節刪本」加以補足篇幅，加強例證，做完整呈現。

一是〈歌仔冊之文化及文學形式〉原是2007.8.4第三屆海翁台灣文學營講演稿，在此亦稍作添補及修正，並附原本書影。

從篇名即可知：本書目的在於從語言、文化、文學三大層面來探究歌仔冊蘊含。藉主題及副題設定，以顯示及討論歌仔冊各種型態，並附以實例，供作分析、歸納、比較，以明其演義脈絡。首先從歌仔冊之名稱說起，以至於其意義、版本、定義、流傳形式、文字特性、押韻規則、研究方法、方言判定、版本校對、文學欣賞、台華對譯詞例、歌仔冊用語與文獻或現代口語，以及方言調查之比較研究等等，僅需綜觀「題旨」，即便外行人，亦可以掌握歌仔冊全貌。

以龐大之語料庫為後盾，歸納出「語料類型」，進而確立研究規則，檢驗研究規則，可以設定研究方法，如此循序步進，逐層深入，即可確定「解析條例」，交出可靠論證。凡此種種，本書皆有詳細交代。筆者深信，藉著公布研究方法，可以方便檢驗研究成果，若方法有誤，亦極易察覺，不至於貽誤讀者。若方法正確可行，則只要具一定程度，人人可成專家。如此則歌仔冊研究可為台灣文化提供動力能源，推動台灣文化大步邁進。

歌仔冊是一切台灣研究之基礎，可提供既廣泛又深入之強大複合功能，足以契合各種學門作全方位研究。諸如：音韻、語法、語意、詞彙、方音比較、台華對譯等語言學研究領域。或兒歌、情歌、褒歌、流行歌、傳統民謠等台灣音樂形式研究。或雜念、歌仔戲、布袋戲甚至部分南北管等戲曲研究。或諺語、民間傳說故事、兒童漫畫故事、修辭等文學研究領域。或博物、生物、植物等科學領域。即便是宗教、慣習、建築、歷史、地理、年終行事、及一切與台灣人生活相關之民俗、器用、食衣住行、水災地動、賭博遊樂等，歌仔冊皆有著錄。

可做研究，亦可純欣賞。適合學者，亦適合鄉土教師、文學創作者。辭典編輯者，劇本編寫者。漫畫家，記者。台語演員、播音員，台語新聞主播。電視、電影導演。大學、碩博士攻讀者。本土音樂創作者，「男大女幼」各階層愛好者。

筆者自1991年出版《台灣泉廈漳三腔三字經讀本》附錄音帶，作為學童「破筆」教材以來，已歷十六年。遠離台北本居地，退避台東荒蓁草莽，耕作撫恤，課子事親。初尚奢望夫妻耕讀自娛，「簫琶寄情」。古早人所謂：「君來作田娘作岸，加好富貴做大官」。圖效老農，翻鋤幾分田地以終老，不惹征塵。決斷封筆，從今後不再作無謂妄言。奈何「牛有料人無料」，終是割捨不斷「成人書軒」敝藏書卷，乃於臨老之年，又重拾舊僻，做起「書蠹」。以最能代表台灣文化之歌仔冊優先起始：糊褙蟲蝕書頁，縫書皮，作書目卡片，編目，語料分類整理，翻尋相關主題之背景文獻，作相應之方言點調查，以資應證。不意看似簡單之歌仔冊解讀研究，一經著手，方知其包含繁複無比之各種「台灣學知識」。就此一口灶總動員，數載於茲。無奈工程浩大，眼看功成之日依舊遙遙無期，乃先就個人研究筆記，摘錄部分整理發表，作成本書。餘俟諸來日「都合」如何，再作打算。

寫作《歌仔冊起鼓》，主要且唯一目的即是「展寶」，將數十年耗盡心血，從國內外各種來源蒐集而來之歌仔冊，先做一番初步梳理，公布於世。使各界有心人，從不知歌仔冊為何物，進而能珍惜、利用，使歌仔冊得見天日，發揮其應有功能，證明「事有可為」。則本篇之作，既名曰「起鼓」，當然是起頭熱場，隨後會有大戲登場。

土水師傅有一句話說：「外行看壁堵，內行看角度」。歌仔冊從來就不是為「中文讀者而寫」，妄想以中文習得知識解讀歌仔冊，當然如同「豬母牽去牛墟」。歌仔冊其實是一種「漢字台閩語文記述文體」，承繼1566A.D.明嘉靖丙寅《重刊荔鏡記》四百外年以來之「傳統語文習作」試驗。所不同者則是：時間延續更久，規模宏大，題材廣泛，全面口語化。即使精研台閩語者，亦難以充分解讀。只見處處皆是新知，時時有佳言妙舉，行句閃爍智慧。其文或簡潔內斂，或樸拙舒坦，就如真實生活情境：雅言可入歌，譏刺詈罵亦可入歌。有所謂「君子廳」，亦不避「小人房」。短者數十字，長者數萬言。閒來翻閱，每為之目眩神迷，驚奇讚嘆，自愧不如。深覺其妙用無窮。筆者推薦：不妨於排隊買票，等巴士、坐火車、搭飛機時，人手一冊，隨意翻檢，至少可忘憂解勞，又可加減識字。目標雖然卑微，然時日既久，從之者眾，讀者於無形中型塑「台灣價值觀」，卻是任何教育體系，或任何古聖先賢危言高論所不能化育者！

南管人常說：「會袂（不會）腳手濟（多）」/ue^{7}bue^{7}k^{h}a^{1}-ts^{h}iu^{2}-tsue^{7}/，以南管演奏來說，頭手是「琵琶」及「洞簫」，最受敬重。至於「雙鐘」及「叫鑼」等下手家司，因易練易成，不必記「曲詩」及工尺譜，常被人「看無」，老輩每以此話激勵士氣，以示「弦友」間，不論技藝高低，才情如何，皆應平等對待，不得「高低目」。蓋南管屬「合奏樂」，各有所司，各適其位，缺一不可，無論會或不會，手腳愈多愈好，即使純欣賞，亦歡迎來坐，視為嘉賓。

僅藉此語來招呼歌仔冊愛好者，大家鬥陣來，會袂（不會）腳手濟（多）。

杜建坊
2007.9.28

歌仔冊之文化及文學形式

一 話頭

歌仔冊是台灣現存之所有文字資料中，唯一以「語言形式」記錄之「台灣文化百科全書庫」，此書庫非成於一人一時一地，而是歷時近二百年[1]，跨越三個政權，地域遍布全台及閩南，知名及不知名作家數百人[2]，以台灣住民為主體，真實呈現台灣人思想、感情、生活方式之民間文學歷時集體創作總集。

◆其主要特色有二：

1. 蘊含民間文學之一切形式：舉凡歌謠類如相褒、情歌、兒歌、流行歌或俗諺、謎語、故事傳說、戲劇、音樂等，無一不備。
2. 涵蓋台灣文化之各種主題：如海洋文化性格、情慾表現、宗教習俗、婚喪儀式、傳統建築、宴客料理、生活器物、南北雜貨、鳥獸蟲魚、蝦貝水

---

[1] 歌仔冊從清道光六年（1826）木刻版《新傳台灣娘仔歌》問世後，時間上已歷180年，所記錄之語言資料涵蓋百姓生存所及之一切，總數可能接近3000本。詳見杜建坊，《論歌仔冊之語言型態及台閩次方言判定法探討》，中山大學，語言之文化面向一台灣漢語方言研究工作坊之研討會，2007.5.18。

[2] 據筆者「成人軒藏書」統計：署名作者總數85名，若加計其它收藏處所，僅署名作者即可達百人；不知名作者當數倍於此。

族、農耕、長工、行船討海、天象觀察、花草菜蔬、醫藥疾病、各色人等活動等所有領域。

歌仔冊多年來一直被台灣人當做「畚掃」四處遺棄，反而是外國人卻視若珍寶，傾力蒐羅並運往國外典藏，筆者約於1980年前後，從台灣各地開始蒐集，其後利用作生理之便，在歐美各地探聽私人收藏家，與其接洽，經「曉以大義」、「許以重利」幸能得償宿願，「贖回」失散海內外各地多年之「念迌迌歌」一大批，以此建立一個私人文庫。但因台灣天氣濕熱，又經多次遷徙，且缺欠文物保存之專業知識，庫藏屢為「剪蠟書蟲」所蛀蝕，損失慘重。為圖搶救，迫不得已乃窮竭個人所有，營建一座「台灣厝」作為資料庫藏，且不自量力開始進行編目整理，因人微力薄，至今未畢其功。

在戒嚴時代以前，政府對歌仔冊等台灣文獻資料，不僅棄之不顧，且時常藉檢查沒收等手段加以打壓，本不足為奇。但民主化以後，政府亦無理解，更無意願整理「國故」，令人深感「切心」。而學術單位「大約僅止於數位典藏，大學院校台語文相關系所，更是遷延至今，方有少數系所將歌仔冊列為選修」，令人費解！所謂「台語文」是否僅限日本時代至今之「知識分子文學著作或評論」？更令人不敢置信者則是：文學或電視劇本之編輯創作，幾乎從來不曾參考或引用歌仔冊資料，就如台灣本無民間文學傳統存在一般。

本文寫作目的即是喚醒各界研習者，至少「資源回收」工作已大致完成，後續作業可以說是「食好做輕可」只需付出小可勞力，即可享受豐美收成。何不「食飽趁爻早，戲棚自己搭。樓頂招樓腳，阿母叫阿爸。翁帶某，旗帶鼓」，大家鬥陣來「眾人代一」，各人按本身專業領域開始，發揮影響力，替此一延續二百年之文化命脈，「做一點仔事誌」。

二　台灣話文之殖民性格

【台灣語は急速度に消滅して行く　此は皇民運動の大目標である】

田井輝雄〈雞肋集續（三）〉《民俗台灣》第三卷十號1943.10

語言文字是台灣文化及文學之主體，是住民生活之總成，甚至是獨立建國之充分條件。台灣有本土語言，卻無本土文字，此一重大缺陷，是台灣至今不能自主之癥結所在。

縱觀四百年移民史，歷經六個殖民政權，所有文字紀錄一概是「官方觀點」，在地生民無從置喙，主因就在欠缺「能充分記錄語言之文字」，遂至「隨殖民政權之轉移而作文字變革」。從荷、西之以拼音字母記錄平埔族語，創建「新港文書」，作為正式官民契約文件。緊隨鄭成功之「偏安政權」帶來閩粵漢族移民，漢文一躍而成正式之官方文字以迄於清末，旋即因「乙未割台」，日本新主人宰制台灣，初期因「土匪作亂，地方未靖」，乃暫實行「漸進同化政策」，容忍漢文在教育體系及媒體與日文並存，作為過渡。其後隨著日本帝國政權漸趨穩固，為改造「新領地」之「清國奴」成為「皇民」，遂於1936年9月，在台灣實施「皇民化」，至1937年4月1日，日本總督府宣達「漢文廢止令」下令廢除：台灣報章雜誌漢文欄，正式終結漢文使用權。至此，台灣人被迫以日文創作。

但八年後即1945年，日本戰敗，國民黨蔣政權代表中國接收台灣，僅一年時間，行政長官公署藉口「消滅日寇餘毒」遂於1946年10月25日發布「日文廢止令」，台灣人又被迫放棄日文，從頭開始學習中國語體文。

前後不過百餘年，台灣三易主人，台灣人國籍由「清國奴」變「日寇」，又變成「蔣幫」，現在是「正統中國」亟欲解放之對象。

台灣人之語文亦由「漢文」而「國語（日語）」而「國語（華語）」，今日六十五歲以下之台灣人，皆接受完整之國語教育。

三 台灣語言文字化檢討

分三期來說：

1. 清帝國時代

台灣人在清帝國時代以「漢語文言」應考，以獵取功名，俾得「豎旗祭祖」耀祖榮宗，若不第，則以之創作舊詩文，其內容不外吟詠風月，有清一代文人除參與南管唱曲創作，及少數有關鄉土之竹枝詞外，其漢文記述一概與庶民百姓無關，此期留下可供台語文字化研究之資料者，僅得「南管戲曲」。

相關之資料彙集，版本校正及「韻腳字音讀」，皆在吳守禮教授數十載星霜戮力研究下，集成《荔鏡記》系列專著。

2. 日本時代

此一時期，台語文字化分六個方向進展：

2.1 全日文

「國語」經日本總督府大力推行，終於在1932年4月，第一篇以日文書寫之台灣文學作品發表，作家是張赫宙[3]，再來是楊逵、呂赫若、龍瑛宗等「日文台灣作家」，其特色是以日語描述台灣民情，但因日語相對台語來說是外來語，此種文體雖有文學意義，但對台語文字化毫無助益。

---

[3] 張赫宙作品〈惡鬼道〉被選為〈改造〉第五屆懸賞入選作品，已完成對日本內地文壇的初次登場，見下村作次郎著，邱振瑞譯，《從文學讀台灣》，前衛出版社，1998。

2.2 漢文

傳統形式之漢文，在清帝時期即功能不彰，在日本時代更是如台灣前輩作家賴和之聯對所書「影漸西斜色漸昏　炎威赫赫更何存」，除作「詩鐘」、「擊鉢吟」等詩社聯誼以自娛外，與新時代無啥牽連。

2.3 漢字台文

日本時代以漢字書寫台文者有：戲文、流行歌曲創作及歌仔冊，其中戲文因數量少及流通不廣，參考資料有限，但口語錄音帶或錄影帶不但數量多且流通廣，極有研究價值。但須經廣泛蒐集，並做初步文字記錄，編目整理，彙整成「台語戲劇文字聲音複合資料庫」，方可提供研究素材，筆者略有收藏，但限於個人條件，即使是初步之編目梳理亦毫無進展。

台語現代流行歌曲亦於此期開創，成就不凡，然因台語歌曲字數少，能提供台語文字化之參考資料就略嫌不足，但亦應一併歸入參考文獻。至於歌仔冊則於此時取得重大成就，詳見第五至八章。

2.4 現代語體中文

從1926年起，賴和、張我軍、楊守愚、陳虛谷等作家，主張推倒文言文，提倡白話文以後，中文成為當時台灣作家之另一種選擇，但中文如何描寫台灣文化？如何記述台灣話？引起極大爭議，1930年起，黃石輝、郭秋生、李獻章、賴和等，提倡鄉土文學。主張以台灣話文「描寫台灣事物」引爆第一波鄉土文學論戰[4]，兩派各據立場，持續辯爭至日本時代結束，「台文派」在台語文字化此一範疇內，並無任何進展。

反之，「中文夾雜台文」，特別是夾雜「與中文音義相容」之台文，卻成為兩派共同採用之唯一文體，但看「台文派」賴和小說〈鬪鬧熱〉及〈一桿秤仔〉即可說明一切，此種文體一直延續至今，以台灣人之語言文字化來

[4] 吳守禮，《近五十年來台語研究總成績》，作者油印稿，1955.6。

說，算是一種「缺陷文體」。

2.5 教會羅馬字

自從1832年，第一本漳州腔羅馬字典《福建方言字典》《A DICTIONARY of THE HOK-KEEN DIALECT of THE CHINESE LANGUAGE》by Walter Henry Medhurst（麥都思）HONORABLE EAST INDIA COMPANY'S PRESS問世之後，台語文字化取得革命性之進展，已徹底掙脫漢字束縛，得以充分表達台語之聲韻調，及分別各種次方言至極精確之地步，可惜台灣各階層不知學習，進而利用此一利器，使羅馬字局限在「傳教圈」，不能發揮其「文字」功能。

羅馬字在日本時代，除日本人用在「轉譯編纂」《台日》、《日台》辭典，及研究台語外，在台灣並不普及，雖然教會在1885年7月由巴克禮（Thomas Barclay）牧師創辦台灣第一份報紙《台灣府城教會報》以白話字印行，但亦僅限於教徒利用而已。

2.6 假名音標

日本政府於1895年領台之後，為統治需要，傾殖民政府之力研究台語，留下史上最巨大之台語文獻，並仿羅馬字，創設一套假名音標符號，用來標注台語。此套假名音標經總督府之台語專家嚴格規範，應用於表記台語，雖然正確可行，然因日語本身音韻簡單，在實際應用為台語音標上，須添加韻母潤號，鼻音及聲調符號，清音轉濁音標記，送氣標記，造成「數層表音記號」，不免疊床架屋。又囿於日語音節文字特性，致使聲韻母拼合時因「聲母連結韻母」，必須依五十音規則拼合，不能如羅馬字一般，以固定符號分別聲母，因此體例繁雜，令有志學習者「想着都驚」，致使「假名台語音標」終隨日本敗降而終結，但台灣文學作者「無論如何艱苦，都應該學會假名音標符號」，因為此套音標，猶如鍵盤之於電腦，是開啟台灣語言文化寶藏之鎖匙。

3. 戰後至現代

【前幾天，遇見呂赫若時，他忽然問我：灑尿的時候，有時會顫身輕抖一下，用「國語」怎麼說？我絞盡腦汁，一點也不知道怎麼回答。聽說用「本島語」說是「加忍損[5]」/カア^{1}ルン^{2}スン^{2}/。俗語說「放尿加忍損　娶某免本」】

牽牛子〈本島人作家と表現〉《民俗台灣》第三卷十號1943.10

正如日本時代，台灣人被迫以日語創作，國民黨時代迄今，台灣人以中文創作。但台灣人七歲入學受中文教育，至其畢業，全套「國語學習」是屬於「書面語式中文」，而「家庭生活語」及「社會工作語」卻是台灣語，以華文寫作，但對象卻是台灣，語言是台語，其間語言及其文字轉譯即是第一道難題，無論作者之華文如何精湛，皆難以精確傳達「台灣文化意涵」，情況如此無怪乎80年代所謂「鄉土文學作家」，僅能重複日本時代末期之「中文夾雜台文」模式，頂多是中文更流利而已，對台語文字化無裨益，更可能「一擔擔雞兩頭啼」，同時失去中文及台文讀者。

---

[5] 原文以日語書寫，中譯轉引下村作次郎著，邱振瑞譯，《從文學讀台灣》，前衛出版社，1998.3第二刷。

四　現代台語文作家

可喜1987年解嚴前後，出現一批作家以真正台語文寫作，正式宣告台灣文學今後可簡單定義為「台灣文學即是以本地語文寫作，描述台灣之文學」，與早前之中文台灣文學，日文台灣文學，國籍、地域及「文種」互相交纏不清之情況作一個區隔，本文亦得以在台灣文化及文學定義明確之前提下，得以進一步申論其要旨。

五　歌仔冊之用字特性

前文所述台語文字化之檢討，皆是以上層文人及知識分子為對象。

與上層文人傳統截然不同，基層民眾因受東西兩洋文化衝擊，社會急遽變化，交通頻繁，及印刷普及等誘因，遂產生一種歷史上不曾有過之新文體形式「歌仔冊」。相對於傳統文人，以漢文讀經典，主張文以載道。歌仔冊之對象卻是講台閩語及客語之庶民百姓，因此其用詞特意強調「通是俗言別字無嫌[6]」。

此種以表音字為主，表義字為輔之文體，必定要以母語朗讀，且出口入耳，即能傳情達意，通達順暢。

傳統漢文有「正音」及「俗解」之對立，雖然以台語漢音唸誦，但除非確知其音是屬「何字」，且明瞭此字之「漢文意思」，否則不能達意，所以若用詞深澀，或帶典故，非飽讀經書之文人，亦難以理解。

相較於以「漢文體制」記述台語之困境，歌仔冊「皆以漳泉俗語土腔編成白話，故重韻用『白字』居多」，為求漢字書寫能「循音得義」，「俾人人見之能曉，一誦而韻叶（等同協）[7]」遂犧牲漢字表義功能，專以「直音」或「近音」表記，甚至根本不理漢字固有之「音義連結」，此種作法根本是將漢字當「拼音字母」用，好處是大幅提升其表記功能，缺點是別字、自造字、俗字、省筆字特別多，非精通歌仔冊之「用字傳統」者難以理解，此即所以歌仔冊雖以漢字書就，然對一般讀者而言卻似「有字天書」，且漢字本就拙於表音，雖掙脫其「字義束縛」，用於記述台語，還是困難重重。

歌仔冊因用字「欠缺規範」，作者識字程度及用字偏好不一，在上層文人看來，自然譏其「錯字連篇，粗鄙無文」，非僅前代文人如此，即今日知識分子，在研究歌仔冊時亦以「改錯字」為要務。不知錯字除了「寫錯」以

---

[6] 見〈勸世通俗歌〉，廈門會文堂書局發行，石印（附繡像），不著年份。

[7] 見〈最新打擂台相褒歌〉，台北：周協隆書店發行，1932。

外，尚有其他目的及功能。在提筆改錯時，勿徒恃自己「字底深」而恣意塗改，應探究其有無負載「深層功能」而後斟酌為之，蓋歌仔冊最大功能在「傳音」，不在「辨字」。

如以「輕雙」代替「輕鬆」（見七1.2），以「奄針」作「腌臢」（見七5），即是作者欲表達其方言特性故意為之，並非作者不會寫「輕鬆」，「腌臢」，而出之以「別字」。或者是不可能有「正字」可寫者如「海加啦送[8]」/ hai kat la saŋ/，日語外來語，表層意思是「穿著體面者」。

械闘歌　會文堂石印

械闘寃家是積怨　相爭強弱心不愿
看着事頭無想尾　無想寃家是大禍
人激破事一点氣　假說地運無改移
藤排鳥銃一齊起　討債寃鬼做一時
有時捉人去伏路　有時攻家搶五谷
有時對陣大須贏　即刻有人叫噯痛
看見着傷血紅紅　好漢因何叫救人
看見四脚向上天　好好活人就去死
人死未是天注定　人無寃家死病痛
有病死人是正經　寃家死人一門銃
人是英雄就死路　甘愿賣身做肉補

[8] 杜建坊，《論歌仔冊之語言型態及台閩次方言判定法探討》，中山大學，語言之文化面向－台灣漢語方言研究工作坊之研討會，2007.5。

六　歌仔冊之本土化

歌仔冊傳入台灣以後，不但題材跳脫「廈門歌仔冊」之類專以「中國傳統故事轉譯方言」為重心，轉而以本土化為標的，創作及記述內容儘量採用與本地之風土民情、宗教習俗，及庶民生活有密切關聯之題材，盡情發揮，期能取得讀者讚賞，且以能成為「歌仔仙」為無上光榮，一時之間，歌仔冊作者人才輩出，互相激盪，將歌仔冊提升至「前所未有之新境界」，為台灣庶民文學催生一蕊奇葩，此期之成就非凡，舉其與語言文字相關之特色者而言：

1. 掙脫漢字束縛

為充分表達口語，與民眾搏感情，表音字如「內山發大水」般，澎湃湧現，甚至「完全不顧」漢字原有之字義，一以台語「念音自然得義」之方式，描寫口語詞，因此能表達之程度「極度擴增」，除沿用傳統俗字外，又約定一批訓讀字，在歌仔冊作者及讀者之間，形成有固定音義之連結，以濟表音字之窮。

2. 漢字假名並用

除原有漢字之傳意功能外，又以新學之日語假名符號表達新詞彙，或以之作音注[9]，大大擴展純漢字表達之不足。如：

【朋友相招真合齊　做陣來去カフエ】〈運河奇案歌〉瑞成書局

[9] 詳〈正派三國歌〉，台北：黃塗活版所，昭和四年（1929）。

「カフエ」，「café」日語外來語「咖啡店」[10]。

【舊「ヶ」人客已經放　現時食穿看省人】宋阿食〈鴛鴦水鴨相逢歌〉1932

以日語假名「ヶ」，代音/e/。

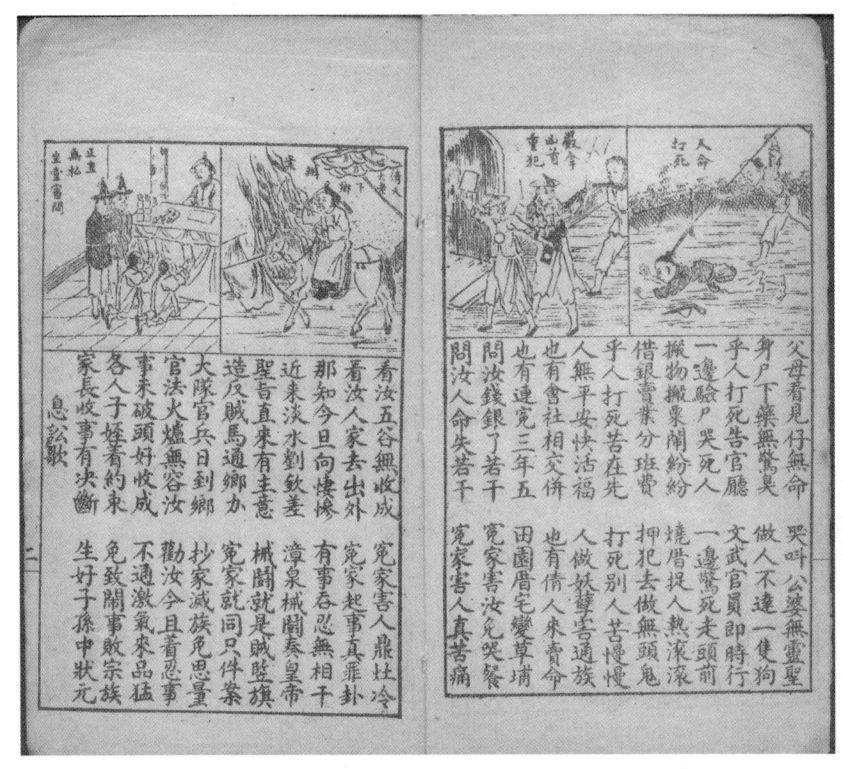

父母看見仔無命　哭吁公婆無靈聖
身尸下藥無驚臭　做人不達一隻狗
乎人打死告官廳　文武官員即時行
一邊驗尸哭死人　一邊驚死走頭前
搬物搬桌鬧紛紛　燒厝捉人熱滾滾
借銀賣業分班費　押犯去做無頭鬼
乎人打死苦在先　打死別人苦慢慢
人無平安快活福　人做妖孽害通族
也有會社相交併　也有倩人來賣命
也有連寃三年五　田園厝宅變草埔
問汝錢銀了若干　寃家害汝免哭餐
問汝人命失若干　寃家害人真苦痛

看汝五谷無收成　寃家害人鼎灶冷
看汝人家去出外　寃家起事真罪卦
那知今旦向悽慘　有事吞忍無相干
近來淡水劉欽差　漳泉械鬪奏皇帝
聖旨直來有主意　械鬪就是賊竪旗
造反賊馬通鄉亇　寃家就同只件案
大隊官兵日到鄉　抄家滅族免思量
官法火爐無容汝　勸汝今且着忍事
事未破頭好收成　不通激氣來品猛
各人子姪着約束　免致鬧事敗宗族
家長收事有決斷　生好子孫中狀元
息訟歌

二

10 同註1.。

七　歌仔冊蘊含之各種台灣文化主題見本

歌仔冊之基礎當然是語言，但本章重點不在語言本身之研究，而是以語言之「表現形式」為核心，分別就其「語言意義」及其與文化及文學之關聯面向，分成十七個主題作分類舉例，見本以適用為主，不拘雅俗，不避葷素。於例中或標出重點，或提出問題，或有意外結論，無非冀望藉實例探討，略窺歌仔冊全貌。

至於語言問題僅舉數例以供參考，若欲深入討論，請參考筆者另一篇報告《論歌仔冊之語言型態及台閩次方言判定法探討》。

開頭先借用一位閩南人之遊台歌記文，以「客觀」了解清末中台文明差距，其時距「乙未割台」僅十三年。

「初到台灣之地理　邊（編）出一歌人傳知　第一電線會廣（講）話
第二電火光滿街　第三設有郵便信
第四新聞日日新　第五讀書公學校」

1908年當時福建安溪人陳福星來台遊歷，其後編一本《最新出外歌全本》對台灣之種種新文明只能驚奇訝異，並感嘆：

「是咱大清無福份　即會江山歸日本」。

1. 歌仔冊方言定位舉例

1.1 閩台方言差

【金龍勢出无奈何「姑將」出去街上�】〈最新玉堂春廟會歌〉上本

「姑將」，是閩南話，此詞可辨別台語或閩南語，台語通常說「姑不將」或「姑不而將」。

1.2 漳泉方言差

【姚公折葯有几項　煎好食了無「輕雙」】〈最新大舜耕田歌〉宣統二年（1910）

「輕雙」為「輕鬆」之表音字，「雙」同「鬆」音/saŋ/，泉腔。

【卜剪薄燕做「蚊罩」　被頭紅色縐紗包

食用咬娘款甲到　殺買一對繡枕頭】台北周協隆〈新編包食穿歌〉1932

定韻字「包/到/頭」，郊韻/au/，「蚊罩」/baŋ²tau³/，泉腔。

「西腳」/「獅腳」

【兄那買厝乎娘豎　現金歌我做「西腳」】〈新編棍鬥棍歌上下〉1936

【我帶厝內冏鬪鉗　最汝趁掛來相添

小可生理冏去變　身邊我有「獅腳」錢】〈最新僥倖錢歌〉會文堂發行

「西腳」/「獅腳」，作「私奇」，（私蓄）之表音字，/sai¹kha¹/，泉腔。但閩南泉腔大多讀/su¹kʰa¹/。

【十八工場袋破篾　篾刀一擲人一枝

小漢不聽人言語　今卜值時見妻兒】〈最新工場歌〉

定韻字「篾/枝/兒」，定腔字「語」，漳州或晉江腔。

【無相「去嫌」借補蓋（舖蓋）　查某意四恁足知】

宋阿食〈鴛鴦水鴨相逢歌〉1932

「去嫌」作「棄嫌」表音字，華語「嫌棄」反序詞，「去」表音「棄」，漳腔。

2. 反序詞

「怪奇」

【人若害人難得死　大水害人是一時

雙人都免欠柴米　不幸失事真「怪奇」】林文筆〈無情的大水〉1959

「怪奇」，華語「奇怪」之反序詞。

「紹介」

【恁是自由戀愛　野是媒人「紹介」　廣乎阮听看覓　幸福這款子婿】

〈食新娘茶講四句歌〉竹林書局

「紹介」，華語「介紹」反序詞。

「折套」

【今日空身「來到只」須著甘愿是「折套」

大日出來熱鍋鍋　「巴者」爆去如火著】

〈最新番平歌全本〉宣統己酉年（1909）

「折套」作「貼妥」/$t^hiat^4t^ho^3$/表音字，台語「貼妥」是華語「妥貼」之「反序詞」，即想得妥妥貼貼。

「巴者」，「吧隻」[11]，背脊也，音/$pa^1tsia?^4$/，泉腔。因本歌題明「南安江湖客輯」，故亦可確定是南安腔，但台北安溪腔亦說「吧隻」，/$pa^1tsia?^4$/。普通台灣話是/$ka^1tsia?^4$/，或/$k^ha^1tsia?^4$/。

3. 台語各種特殊語法及詞類

3.1 「台語特殊語法」

「斷一文」

【講甲嘴涎爛參噴　身軀都敢「斷一文」】〈新編棍門棍歌下〉1936

其語式通常是「斷○○」，有「斷半圓」，手上連一點錢也無，同「斷一文」。「斷半鐵」，手上無任何工具或武器。

[11] 同註1.。

3.2 「特別詞」

「一身甲一換」

【着款「一身甲一換」】台北周協隆〈新編包食穿歌〉1932

應準備穿一套，而換洗衣杉另一套，但本句用語簡潔有力。

「三食穿」

【歌着做有「三食穿」人客不即袂批評】〈初集　台灣光復〉梁松林作詞

「三食穿」，應作「相食穿」，音/sã[1]tsiaʔ[8]tsʰiŋ[7]/，互相依傍，互作完美配合。

「汫水腥魚落鹽港」

【汫水腥魚落鹽港　甲咱不着受艱難】〈最新番平歌全本〉宣統己酉年（1909）

番平歌作者，初抵新加坡，無工作，無處安身，以「汫水腥魚落鹽港」此句形容自己際遇艱難。

3.3 「特殊形容」

【我今著行娘著送　孤單「割吊」娘一人

「一粒目屎斤外重　流落土腳滴二空」】台北周協隆〈新編包食穿歌〉1932

「一粒目屎斤外重　流落土腳滴二空」，寫離情依依，何等有趣誇張。

【我行三步跪四跪　因為甲娘無做堆

「二港目屎雜雜類　三條手巾拭賣開」】台北周協隆〈新編包食穿歌〉1932

【聽汝袋共阮廣起　有人籐斷都接笓

汝來共阮款柴米　籬來飯壁壁飯籬】〈最新僥倖錢歌〉

「笓」應作「篾」，「飯」應作「傍」。

一個失尪，一個無某，以「接蔑」鼓舞再嫁，以「籬壁」比喻彼此相依為命。

【汝卜共阮欵柴米　生成即呆汝卜碟

不通別位有火記　「一頭挑圭双頭啼」】〈最新僥倖錢歌〉

事先聲明，不可「雙腳踏雙船」。

3.4 「傳統語詞」

「親醒」

【貪汝生成恰「親醒」盡京人蛤我相晶】〈最新僥倖錢歌〉

「親醒」，/$ts^{h}in^{1}ts^{h}\tilde{i}^{2}$/，容貌俊秀，泉腔語言風格詞。

「穴漢」

【哥汝近來心肝田　所說乞（個）話真「穴漢」】〈最新工場歌〉

「穴漢」作「血漢」表音字，音/$hiat^{4}han^{3}$/，意謂：說話粗疏欠考慮。

【汝未外口治塊等　阮的父母雇真按

查某着我上「血漢」透冥偷走二三層】〈烏貓扒壁新歌〉

「血漢」，在此當「有氣魄」或「敢死」解。

「秃某」另一種說法

【牽手父母有「見致」父母主婚難改移】〈新編棍門棍歌上下〉1936

「見致」訓「建置」，「秃某」另有專用詞。

「買厝」或「蓄厝」

【愛厝兄即共娘「學」無錢要用着來六】〈新編棍門棍歌上下〉1936

「學」，訓「蓄」，台語「$hak^{4}ts^{h}u^{3}$」。

「放孤」

【樹腳放「孤」滿滿是　偷放「孤箭」害伊死】

〈最新大舜耕田歌〉宣統二年（1910）

按「孤」，音/$kɔ^{1}$/，正字不明，所謂「孤」，是將竹或木，一頭削尖置於地，上覆草葉遮掩，做成陷阱以當人畜，「孤箭」則是「細孤」更難防，此語今罕用。

3.5 台華對譯詞舉例

「話門」

【廣汝个食呆子飯　听話袂曉力「話門」】〈新編棍門棍歌下〉1936

「話門」者，相當華語「口風」。

「驗屍官」台語如何說？

【廈門人眾有忠義　動起公憤傳單字

一驚陳總來換屍　二驚仵作來食錢】

〈陳總殺媳報歌〉南洋三益書局石印宣統二年（1910）

「仵作」音/ gɔ⁷tsoʔ⁴/，驗屍官。

「人種」台語怎樣說？

【「人色」算有幾十號　言語算來全無和】

〈最新番平歌全本〉宣統己酉年（1909）

「人色」，人種也。新加坡人色多，語言雜。

華語「男女老幼」，台語怎樣說？

【有字通學是正經　「男大女幼」有路用】〈新編國語白話歌〉1934

「男大女幼」，台語。「老嫩大細」，客語。「男女老幼」，「華語」。

「請黃」

【煞廣咱是草地戇　有錢箸塊假「請黃」】〈新編棍門棍歌上下〉1936

「請黃」/tsʰiŋ²hɔŋ⁵/，愛現也。

「華語『反正』，台語之各種說法」：

「根熟」

【今汝謹來房間坐　「根熟」我也無人客】〈新編梶門梶歌上下〉1936

「根熟」/kun^{1}siɔk^{8}/。

「斤熟」

【不是卜僥娘仔汝　「斤熟」咱好無了時】

〈最新肉叹笑歌〉基隆宋阿食發行1932

「斤熟」，音/kun^{1}siɔk^{8}/（泉），/kin^{1}siɔk^{8}（漳），通常作「均屬」，華語「反正」。

「根門」

【錢銀「根門」開賣盡　愛得「勇件」君一身】

台北周協隆〈新編包食穿歌〉1932

「根門」，/kun^{1}tu^{1}/，反正。

「勇件」作「勇健」之表音字。

華語「絕對」，台語可以怎樣說？

【小娘有影即年好　較我僥汝「特斷」無】〈新編梶門梶歌上下〉1936

「特斷」，音/tiat^{8}tuan^{3}/，為「絕對」之眾多選擇詞之一。

「耳根軟」怎樣說？

【門當「大耳」兮查某】〈新編梶門梶歌下〉1936

台語說「大耳」，或「耳空輕」，華語叫「耳根軟」。

「風流債」怎樣說？

【那卜「花債」有相欠　來去媽祖先抽簽】〈最新僥倖錢歌〉

「花債」，華語「風流債」。

【今我都也想反悔　菜瓜損犬去一挾】〈新編梶門梶歌上下〉1936

「菜瓜損犬去一挾」，形容雖然反悔，事情卻難以收拾。描寫生動。

相當於華語「肉包子打狗－有去無回」。

3.6 台華同詞異義詞例（詞義不對等）

「金絲猴」

【一時咱都想無到　力做牽著「金絲猴」】〈新編棍門棍歌下〉1936

「金絲猴」，有錢之恩客。今華語指「金髮美女」，兩者語意不同。

「無寮」

【人即乎咱所賣料　敢無不時袋「無寮」我過呂宋拔營繳
甲汝麻（瞞）話無校哨】〈最新僥倖錢歌〉

「無寮」作「無聊」之表音字，顯見是作「難以營生」解，從其本義。與今華語作「因無事可做而煩悶」，全然不同。

「碗」、「甌」及「杯」之辯

【都是尔子食粗田　三碗五「碨」隨時空】

〈最新大舜耕田歌〉宣統二年（1910）

三碗五碨「碨」音/au¹/，碗及「碨」並列，無大小差別。

有某台語學者根據本身語感，認定「杯」較大而「甌」較小，其實不正確。筆者認為應該說：「杯」是新詞，而「甌」是固有詞，各有其用法。若論大小，反而是「甌」較大，如食「一甌糜」（見下例），意思是食「一碗公糜」，「杯」豈能大至「一碗公」？又，「碨」，不只當直筒形「杯」，當圓形「碗」或「碗公」用，亦可作「盤/碟」類用；清末，泉州有一本書名曰：《暢所欲言》作者楊介人，凡摭庶民風俗時事，將泉州熟爛土音雜以漢文，編成駢句，頗能反映清末泉州方言。其中〈前嫖賦1897.〉有一句：

【叫酒叫菜。食伊點心幾「碨」】

句中「碨」明顯是「盤/碟」類之器皿，是則「碨」之大小形狀，即使是以台語為母語者，亦無明確語感，字典亦不足憑，歌仔冊等口語文獻，適足以提供珍貴研究語料。

【一（碿）粥　冷漂漂　三嘴把「扒」二嘴砌（啜）】

〈新選笑談俗語歌〉自藏道光辛丑年新鐫.1841

「上山」

【「上山」思起真苦疼　坡中並無一親人】

〈最新番平歌全本〉宣統己酉年（1909）

◆台語「山」有三個義項：

1. 拔聳突起之地即「山」
2. 泛指「陸地」，相對海洋而言
3. 「隆起之土堆」即墓地

「上山」或是「起山」，以「山」，「泛指陸地」是正港台語用法，如澎湖「媽宮」，今馬公，原名即是「大山嶼」，但澎湖本島何來「大山」？

以台灣人傳統講法「大山」即是「一大片土地」。

華語由古成語繼承詞亦有相同用法，如「錦繡河山」，其中「山」亦即「陸地泛稱」。但語用則異，如本句用法，華語僅能說「登陸」，不得說「上山」或「起山」。

至於「墓地」之「山」，是「隆起之土堆」，蓋「出山」豈是「將死者葬於山頂」？不論平原或山陬海隅，凡風景秀麗之處，皆可「出山」，固不限於「山」也。所謂「山」，是以人工堆土形成錯落蜿蜒之「山勢」，屬「風水」特有說法。如造墓講究「左青龍右白虎」，認為能「蔭子孫」，不同「山勢」及地理座向，庇蔭子孫「運途」各異，所以子孫莫不盡力走尋「福地」，藉「葬死者」，以求生人之榮華富貴，不惜所費妄求「龍穴」、「田蛤穴」、「螃蟹穴」、「五虎朝金獅穴」等，營造豪華陰宅，所謂死者為大，其此之謂？

3.7 台語受華語同化之詞例

「久/具」

【咱「久」亦無滲開用　因何家內乜能貧】

〈最新番平歌全本〉宣統己酉年（1909）

【我今「久」个暗暗到　食用我盡共娘包】〈新編棍鬥棍歌上下〉1936

【那箭汝「久」煞那興　嗣（祠）堂箭做王爺宮

大羅（鑼）共人箭銅錚（鐘）　劉備強卜箭孔明】

〈最新相箭歌〉上海開文書局出版

【自細未離我母親。阮自幼「具」亦未離我母親。

難為阮骨肉到今旦。那障生拆散】南管曲〈嬌養深閨〉

【王注全欠外氣　好嘴「久」無粉頭】〈前嫖賦1897.〉《改良暢所欲言》

「久/具」表音/ku_{55}/，作副詞，或連接詞用，以上五則用例可充分證明「久」是正港台語詞。現已受華語同化，說成「過」/ko_{55}/。今中年以下台灣人皆以「過」代之。例如：「愛都愛，不『久』＞（過）都無錢通買咯。（喜歡是很喜歡，不過卻沒有錢買啊）」

「心肝楊」

【起頭咱都不識想　間着那象「心肝楊」】〈新編棍鬥棍歌下〉1936

「心肝楊」訓「心肝溶」，軟心腸。受華語影響，現今以說「心肝軟」為常。

「身屍」

【身尸下藥無驚臭　做人不達一隻狗】〈械鬥歌〉廈門會文堂

「身屍」，台語固有說法，今大致為華語同化改說「屍體」。

「家甲」

【我今乎娘做尪婿　娘子入君「家甲」牌

看娘情分多袂呆　下詰（結）尪婆天推排】

〈最新肉叹笑歌〉基隆宋阿食發行1932

「家甲」，台語固有詞。今為華語「戶口名簿」取代，但老輩依舊說「家甲」，台灣有一句俗語：「造家甲算人額」。

3.8 女人詈語

【十條蕃薯九條臭　一條無臭爛「智頭」

十个契兄九个老　一个無老煞臭頭】〈最新修成正果歌〉廈門會文堂

本句以罵語形容男人壞到十全，僅有壞之程度差別，竟無一例外，甚佳。「智頭」者「蔕頭也」。

「契兄」，今通用「客兄」，但「契兄」，兼顧漳泉方音，又契合字義，方是正解。

【十个弓蕉九个蹺　一个無蹺真孼哨

十个阿君死卜了　一个無死順煞僥】〈最新修成正果歌〉廈門會文堂

花間女人，借物隱喻，生動諧謔，又契合身分，可謂善罵也。

「半丁」

【紅个皮鞋不曉穿　看汝一个即「半丁」

無彩銀錢付汝用　也買目鏡掛金卿（框）】〈最新僥倖錢歌〉

罵男人「半丁」，即「查某體」。

「半頭青」

1.【冷水一人飲一下　心肝涼冷咱二個

目啁看人不知攝　敢是三八「半頭青」】

林清月〈台灣歌謠（下）〉《台灣文化》四卷一.1949.3.1

「半頭星」

2.【汝哥有置身底病　何用瘋膏搭賓邊

人馬即多撻撻擲　乎人笑我「半頭星」】〈落陰歌〉廈門會文堂1915

「半頭生」

3.【汝哥有置身底病　何用瘋膏搭鬢邊
人馬即多達達擲　乎人笑我「半頭生」】〈落陰歌〉台南市博文堂書局1926

「半頭青」

4.【蒙正听著面變變　小姐汝真「半頭青」】
〈呂柳仙唱　呂蒙正賣雜詩〉月球唱片

「半頭青」

5.【阮身是地汝是天　來阮房中是卜年
爹親各人着認見　不通蛤阮「半頭青」】〈最新王塗歌〉廈門會文堂

「半頭星/青/生」/$pu\tilde{a}^{3}t^{h}au^{5}ts^{h}\tilde{\imath}^{1}$/，本是一句普通台語詞，但時至今日，即使研究者亦甚覺生疏，有必要做進一步解析：

據《台日大辭典》解釋：「罵人三八」，「三八」無疑是最普遍用法。

另有一解作「戇」，即「笨呆」。此解收錄於許龍宣編著之《分類注釋閩南諺語選》頁100，泉州市文管會出版1986.1。

舉前述語料，「半頭星／青／生」共有三個義項：

前三句用例，其語意等同「三八」。第四句應作「戇」解，末句「半頭青」，以「三八」解釋不通，比「三八」語氣更加嚴厲，應作「膏膏纏」解，即華語，為達目的死纏不休之意。

客家話亦有「半頭青」/$pan^{55}t^{h}eu^{11}ts^{h}ia\eta^{13}$/，通常是罵男人「遊手好閒，不中用」，與台語詞意略有差別。

【正月正　遇著惡契兄　「斬頭呵　早死呵」惡客阮不驚】
〈台灣民謠情歌集〉台中明文堂書店1948

【二月二　按卜金手指　「早死呵　夭壽呵」無影廣卜死】
〈台灣民謠情歌集〉台中明文堂書店1948

【三月三　按卜剪綢杉　「斬頭呵　短命呵」舊年說到今】

〈台灣民謠情歌集〉台中明文堂書店1948

【不通賢做扇動者　个去「鑿枷加忌舉」】梁松林〈特編貧人出孝子勸改新歌〉

「鑿枷加忌舉」，言自作自受。

3.9 答嘴鼓佳句舉例

「男對女說」

【火車行到打狗山　看見時鐘二点半

去到娘兜娘不看　反（返）來提塩鼓心肝】〈最新火車歌〉廈門會文堂1924

「女答」

【心肝卜豉豉乎倒　不通生虫寮寮趖

從今再尋親相好　再返別位去㧻桃】〈最新火車歌〉廈門會文堂1924

一來一往，真是相褒絕句。

「男罵女」

【火車行到西庄尾　水螺連哮二三過

娘子在厝是㭽菓（粿）　來到雲林变新貨】〈最新火車歌〉廈門會文堂1924

「男責女」

【火車卜行行鉄枝　台南發起到嘉義

去到娘兜娘受氣　龍銀帶返丕水丕】〈最新火車歌〉廈門會文堂1924

「丕水丕」p^hi^1 $tsui^2$ p^hi^1，打水漂。

4.「關於拔皎詞例」

【有時撥皎開班章　喝對喝天叫叫嚷】〈最新修成正果歌〉廈門會文堂

【有時想卜撥十胡　一場無到撥雙鋪】〈最新修成正果歌〉廈門會文堂

【也八想卜打麻雀　我看麻雀恰有局　一二三同鬥一菊　花是梅蘭共菊竹
麻雀打了恰會暢　加張叫做大小相　有時撥臭叫叫嚷　三台無到面憂容】
〈最新修成正果歌〉廈門會文堂

【乎皎害甲了家伙　輸皎全無顧面皮　無錢來律阮小妹
乎皎害甲珍瑯洒　又閣去律阮大姐　金個針仔律一枝
無拔正實敢個死　也使拔甲做詐欺　兄嫂小嬸律痛痛
到尾去律阮丈人　無影講甲有空峰（縫）　乎我騙來真多項
丈人律了律親同　騙廣阮厝刣豬公　去到我就亂亂廣
過身即知我凸風】〈新編棍門棍歌上下〉嘉義捷發漢書部1936

描寫賭徒「輸皎」後，如何無品，如何欺騙至親好友，生動寫實。

5. 海洋文化詞例

「瓦舵」

【哥汝說話無「瓦舵」力哥則是那力我】〈最新工場歌〉

「瓦舵」應作「倚舵」/ua²tua⁷/，連船舵都掠不著，意謂說話無重點。

「船長」台語怎樣說？

【「舥」舡無風就戟櫓　行到廈門暗摸摸】

〈最新番平歌全本〉宣統己酉年（1909）

「舥」舡，音/tai⁷kɔŋ¹/，俗作「代公」，船長。

「甲板」台語怎樣說？

【咱個鋪位倚煙「甌」　四邊「笨面」真「奄針」】

〈最新番平歌全本〉宣統己酉年（1909）

「笨面」，音/pun⁷bin⁷/，華語「甲板」。

「奄針」作「腌臢」之表音字，即今華語「骯髒」。

音/am¹tsam¹/，「針」音/tsam¹/，泉腔。

「起水」

【來往交通用船隻　台灣亦無自動車
　貨物運搬真僫寄　「起水」苦力塊趁食】〈台灣舊風景新歌〉

「起水」，按船頂卸貨。

6. 傳統建築詞例

「戈尺」

【第八工場做土水　手擛「戈尺」扒樓梯】〈最新工場歌〉

「戈尺」應作「篙尺」，即起厝之「母尺」，舉凡一切「寸步」，如楹架、斗扆、厝坪、壁路等之吉祥尺寸，盡刻在「篙尺」中，方便應用。

「出步起」

【做人踈財兼重義　家內大小真細利
　現住外清蚶殼井　一間大厝出步起】

〈陳總殺媳報歌〉南洋三益書局石印宣統二年（1910）「廈門腔」

「出步起」，是傳統台灣或閩南式起厝法，即是將簷前滴水部分往外延伸一步，使住家加多「一步」室外空間，以阻隔風雨，「一步」約九台尺。

7. 求神下願

【老人下卜食百外　簡仔下卜殼緊大　少年下卜趕緊娶
　查某下卜腹肚大　有人下卜金交椅　有人下卜食未死
　拔皎下卜大營錢　做婊下卜人困冥　賊仔下卜偷便宜
　乞食下卜人捨施】〈陳總殺媳報歌〉南洋三益書局石印宣統二年（1910）

描述各色人等之心願。

8. 喪事法會儀節

【一巡功德做完備　日間弄鐃冥搬戲　散飯超渡伊出世
燒起靈厝送伊去　有人思卜來出山　卜請點主灵旌官
八音月琴沿路彈　包白送喪一大拖　老人做前用衹放
尼姑和尚開路爔　花亭緞亭相爭送　魂亭頭家錢大趁】

〈陳總殺媳報歌〉南洋三益書局石印宣統二年（1910）

台灣喪葬儀式禮節，知識分子了解幾分？

9. 關於衣著

【身穿緞袍鈞狐狸　銀灰馬褂貂鼠皮
搖搖擺擺上街去　打聽堂春好名妓】〈最新玉堂春廟會歌〉上本

清代上等衣著。

10. 辦桌料理

【頭出半桌洋菜名　大烹小炒真時行　食著雞鴨共肉泡
加里魚蝦洋仁豆　再出漢席滿桌來　燕窩大刺疊次排
鴿蛋鴿酥白木耳　全雞全鴨甜旺來　勿蘭池酒共尉彬
紹興玫桂酒味新　荷蘭西水及茗式　蜜料瓜子和杏仁】

〈最新玉堂春廟會歌〉上本

【玉娘提入廚房內　即時將雞來「白批」
蒜頭通來炒水雞　圭焄粉赤肉炒笋　棹排四盤一碗湯】

〈新刊乾隆君遊蘇州〉宣統己酉年（1909）

可供台灣料理研究，當時已有洋酒，譯名「勿蘭池」即英語brandy。台閩語音譯。今作「白蘭地」，屬華語音譯。

11. 花卉詞例

「人造花」台語怎樣說？

【單條字畫買乎嫂　二盆「熟花」排迫迌】台北周協隆〈新編包食穿歌〉1932

「熟花」，人造花。台閩傳統，七夕供奉七娘媽十二項禮物之一[12]：

1.七娘亭　2.七娘轎　3.生花　4.熟花　5.胭脂　6.香粉

7.糖粿　8.三牲　9.酒醴　10.筵席　11.炒糖豆　12.瓜果

「花海」台語怎樣說？

【一欉好花在「花湖」　開卜兩蓝平平蘇

哥仔卜挽人塊顧　等到日落暗摸摸】〈最新生相歌〉廈門會文堂

「花湖」，華語叫「花海」。

12. 日本時代「國名」台譯（語言隨殖民政權轉換）

「新加坡」

【「实叻」景致真是好　亦有番人及番婆

身穿花杉致白帽　口食檳榔共荖高】〈最新番平歌全本〉宣統己酉年（1909）

「实叻」，或稱「实叻坡」，新加坡閩南語譯音。

百年前新加坡亦食「檳榔共荖高」。

「米國」

【查某剪髮今真多　野欠一双「米國」鞋】〈新編棍門棍歌上下〉1936

「米國」，台語日本時代之講法。

---

12 楊薇編著，《閩南采風集一》p.6，菲律賓：納卯華僑播音社出版，1965。

「呂宋」

【開著猴洞甲瑞芳　現時配茶過「呂宋」】〈新編棍門棍歌上下〉1936

「呂宋」，現稱菲律賓。「呂宋」＞「菲律賓」是政權交替語，反應台灣之殖民地身分，隨主人而做語言更動。

「支那」

【當店我份五股三　也開商行著「支那」】〈新編棍門棍歌上下〉1936

「支那」，語源應是「秦仔」/tsin^{5}na^{2}/，即「秦國人」，初無貶義。

本文出版時，1936年台灣人口語，隨日本人稱中國為「支那」。更早叫「唐山」，國民黨當權時期叫「大陸」，現在則「中國」、「大陸」並存分兩派。另有一新派通俗稱呼叫「阿六仔（阿陸仔）」。

「獨逸」

【日本「獨逸」巢失望　永遠袂得通成功】〈二集 台灣光復〉梁松林作詞

「獨逸」，日語ドイッ，德國。

13. 日台語混用

【听娘汝廣卜嫁尪　無我共汝做媒人
阮靴一个真丿送　形體共我卜燒仝】
台北陳清波〈勸世煙花女自嘆寓飄新歌上下〉1932

台語「丿」加日語「サン」，「丿送」，音/p^{h}iat^{4}saŋ^{3}/，穿著時髦之人士。

【酒矸號做アキビン　ナンキンマメ塗豆仁
イシヨイク是做陣　ワタクシ我本身】〈新編國語白話歌〉1934

【テンチ台灣廣電池】〈新編國語白話歌〉1934

「電池」是日語外來詞「テンチ」。早期台語叫「磺塗/hɔŋ^{5}t^{h}ɔ^{5}/」，近代稱「電塗/tian^{7}t^{h}ɔ^{5}/」，今此兩詞俱廢，為「電池」所取代。

【アサ日本廣早起　ゴゴ號做下廢罩時
　乞食廣是コジキ　モチ台灣廣麻薯】〈新編國語白話歌〉1934

14. 日本時代日式台語新詞例

「代金引換」

【電報頁去真謹到　「代金引換」寄小包】〈新編棍門棍歌上下〉1936

「代金引換」，即是外匯兌換，此語屬早期商用語，可能是由日語套用，今不聞。

「卒業生」

【外國洋裝做來穿　格假親象「卒業生」】〈新編棍門棍歌上下〉1936

「卒業生」，即「畢業生」，日本時代用語。今台灣老輩猶常用。

「手形」

【娘那甲意兄着肯　看卜現金野「手形」】〈新編棍門棍歌上下〉1936

「手形」，日語外來語，「支票」今猶通用。

「紅仔頭」

【卜寄郵便恰快到　著搭三錢「紅仔頭」】台北周協隆〈新編包食穿歌〉1932

「紅仔頭」，郵票。

「尿多」

【有心君仔買乎嫂　乎我看著成「尿多」】

〈最新肉叹笑歌〉基隆宋阿食發行1932

「偶」

【新娘派頭真「偶」　穿洋裝掛手錶
　先鬧伊都袂笑　這款人才真小（少）】〈食新娘茶講四句歌〉竹林書局

「尿多」，音/gioto?/，或/dzioto?/。「偶」直音/gio/，是/gioto?/，省文。

日語「じょらとら」之表音字，意思是上等，非常好。

如果以聲母對應來說，當然是以/dzi/，對應日語/じ/，問題是北部通常都說/$gio_{55}to^{55}$/，新竹泉腔亦以「偶」表音/gio/，即使是台北泉腔亦然，不說/$dzio_{55}to^{55}$/，更無/$lio_{55}to^{55}$/。

若照方言通例則日語「じょらとら」台北應作/$lio_{55}to^{55}$/，日母歸柳。一般漳腔則應作/$dzio_{55}to^{55}$/，嘉義以南至屏東漳腔則應作/$gio_{55}to^{55}$/，/dz+i＞gi/。但事實是台北泉腔一律讀/$gio_{55}to^{55}$/，再看「じやんけん」日語，猜拳。台北亦是/$gia\eta^{33}$/，為何一句外來語音譯卻打破「聲母音變規則」？。

15. 物產哲理

【天頂那烏雨就到　甘蔗栽尾無栽頭】〈最新修成正果歌〉廈門會文堂

以「天頂那烏雨就到」點出天象之必然，又以「甘蔗栽尾無栽頭」顯示農作物栽種法，並非照頭尾順序，反而如甘蔗類，即是種尾不種頭，此話暗示人之後天努力重於先天注定。

16. 舊社會行業

「簳掛」、「棧間」之類舊社會行業用語，於今幾成死語，但對了解過去生活，或以其作為背景之戲劇，則是不可或缺。

「簳掛」

【店號我開足成多　有開「簳掛」北門街】〈新編棍門棍歌上下〉1936

「簳掛」，音/$kam^{2}kua?^{4}$/，簳胡籮筐批發商。現幾成死語。

旅社舊名「棧間」

【心中思量切切苦　行到「棧間」十分烏】

〈最新番平歌全本〉宣統己酉年（1909）

「棧間」，古稱旅社。

17. 漢藥藥方

【又有熱天絞腸痧　用鹽三錢來過炒
緊用陰陽水來泡　飲過侯時就應效】〈救命歌〉廈門會文堂

列位貴君恁恰靜　乎我攪擾几分鐘　聽念臺灣舊風景　古早三四百年前
以前台灣無王化　天氣平和無寒熱　有人討力船打破　逃來臺灣卽生活
原早臺灣無人管　平陽礦土專生蕃　明末清初天下亂　國姓卽來開臺灣
來開臺灣鄭國姓　漢人不降伊滿清　抗拒全師十三省　建設澎湖卜頓兵
國姓少年眞僥勇　將官逐个眞盡忠　身邊伊有五虎將　甘輝萬禮甲施良
五虎逐个盡忠義　林四許昌陳魁奇　陳豹陳典不驚死　清兵逐个都驚伊
出兵海水起波湞　陳家兄弟領先鋒　海底都能浮龍鑌　因何大事袂成功
國姓原籍石井鄉　抗拒清兵數十年　南京失敗卽致病　歸天卽換因校生
民族英雄鄭國姓　堅心守志卜復明　成敗興衰是天命　死後大權交鄭經
鄭經卽換鄭克爽　戰敗降清卽封王　清朝天下卽一統　卽有船隻來交通
國姓開臺無外久　磚城造去眞工夫　代先建設南寧府　天興万年分二區
明末清初卽平錠　南寧改號換府城　有看歷史着知影　臺灣全島設三廳

一

清朝初時來接管　看做小々个臺灣　臺南府城竹塹縣　臺北野有平埔蕃
臺灣都市第一早　臺北號做大加蚋　一府二鹿三艋舺　專是草厝圍籬把
街頭巷尾專草厝　無橫無直三脚株　壁虎油虫逐項有　柱脚閣能生兕龜
起厝專是塗葛壁　人智發達未到額　厝頂崁草無崁瓦　暗時專點臭油夯
許時文化未進步　亦無電火暗摸々　點臭油夯眞干苦　一泡親象火金姑
烏暗時代無電火　街路專是濶溝粥　大溝無橋袂得過　雨來四檜嘗例々
時代藉貫帶眞重　起厝光廳格暗房　厝內逐宮有屎桶　六月暑天非常香
以前頭殼是眞定　社會非常無衛生　囝仔鼻流袂曉檜　不時二港青乳々
囝仔檜鼻用手映　街頭巷尾專愛鬥　不時甲鬼行相斷　煞有電火卽年光
古早大厝第一水　起好另外揷竹圍　呆運不時斷着鬼　竹脚皇金歸大堆
時代交通眞呆路　大溪無橋舖竹犧　上山落嶺眞干苦　專是竹脚芒仔埔
早時大路造無透　專是大埤甲圳溝　瘦田拋荒發竿草　路墘全部種挪投

二

八　歌仔冊文本賞析

1.〈械鬪歌〉提要

「械鬪」是「讀書話」，常見於官方文書，念來拗口，口語叫「冤」。如本文中有【無想「冤家」是大禍】，閩南亦說「冤」，如菲僑許龍宣有一篇文章：〈晉江「都蔡冤」械鬥憶述[13]〉，詳述晉南十一都「塔頭」鄉，劉蔡兩姓大械鬥之事，參與此次械鬥者約二十餘鄉，結果死人三百六十餘，毀夷兩鄉，慘鬥延續三年多，即其例證。

有清一代，台灣居民之間械鬥頻繁，有「漳泉拼」、「頂下郊拼」、「閩客拼」、「字姓拼」、「福路西皮拼」。但歌仔冊研究一般較側重「政治反亂事件」，如〈台省民主歌〉、〈台灣陳辦歌〉、〈士林土匪歌〉等，對於居民互相械鬥之類，少有編歌敘述，反而得見廈門會文堂出版〈械鬪歌〉，極具參考價值。

「勸善」是歌仔冊題材中最普遍之一種，內容通常局限於「勸世」，著重在行為品德、人倫關係、勤勉節儉等傳統價值之維護。以國家社會大事件為中心而加以勸解者，極希罕。〈械鬪歌〉對此提供一個研究案例。

台灣本屬移民社會，居民或因語言隔閡、族群互異、利益爭奪等社會矛盾時啟隙釁。為求保護身家性命，或為侵占他人田園厝宅，動則攀緣結黨，以庄社為基本團體組成武裝民兵，互相械鬥，經年不休而引起社會動盪，官府通常靜觀其變，又時有偏袒，蓄意分化以利其統治，只要控制在民對民鬥，消耗其精力，即可轉移百姓對吏治敗壞之不滿，僅在事態嚴重時方介入處理，是則民變不止，在某種層面可說相當符合官方利益。蓋殖民時代台灣

[13] 菲僑許龍宣編著，《晉江地方掌故》p.53，泉州歷史研究會出版，1985.6。

素來「三年一小反，五年一大亂」但「任反不平，任亂不成」輕易即遭弭平，原因即在內鬥。鑑古知今，此歌對當今政局，或可提供借鏡。

〈械鬪歌〉兩句一韻，共34句，238字，其中有兩句無韻，內文漢語及台語參雜，方言色彩不明顯，僅第二句屬泉腔，第26句泉腔風格詞「今旦向悽慘」，及第18句特殊音「孤例」可推斷方言屬性。綜合判斷可能是「澎湖腔」或「廈門腔」。根據內文有一句：

【近來淡水劉欽差　漳泉械鬪奏皇帝】

則本歌專述台灣「漳泉械鬪」無疑。

18.【乎人打死苦在先　打死別人苦慢慢】

按：「先」及「慢」互為韻腳，「先」音/san/，「關」韻字，屬漳泉岐音最大之韻目，難以遽定方音歸屬，使用範圍在廈門鄰近，此音在台灣本島不聞，僅存於澎湖湖西泉腔。若作者是台灣人，則可能是澎湖腔。若是閩南人，則應推斷是廈門腔。

◆〈械鬪歌〉全文：廈門會文堂書局發行　石印（附綉像）

1. 械鬪冤家是積怨　相爭強弱心不愿
2. 看着事頭無想尾　無想冤家是大禍
3. 人激破事一點氣　假說地運無改移
4. 藤排鳥銃一齊起　討債冤鬼做一時
5. 有時掟人去伏路　有時攻家搶五谷（穀）
6. 有時對陣大須（輸）贏　即刻有人叫哮痛
7. 看見着傷血紅紅　好漢因何叫救人
8. 看見四腳向上天　好好活人就去死
9. 人死未是天注定　人無冤家死病痛
10. 有病死人是正經　冤家死人一門銃
11. 人是英雄就死路　甘願賣身做肉補（脯）
12. 父母看見仔無命　哭叫公婆無靈聖

13.身尸下藥無驚臭　做人不達一隻狗
14.乎人打死告官廳　文武官員即時行
15.一邊驗尸哭死人　一邊驚死走頭前
16.搬物搬粟鬧紛紛　燒厝捉人熱滾滾
17.借銀賣業分班費　押犯去做無頭鬼
18.乎人打死苦在先　打死別人苦慢慢
19.人無平安快活福　人做妖孽害通族
20.也有會社相交併　也有倩人來賣命
21.也有連冤三年五　田園厝宅變草埔
22.問汝錢銀了若干　冤家害汝免哭餐（潺）
23.問汝人命失若干　冤家害人真苦痛
24.看汝五谷（穀）無收成　冤家害人鼎灶冷
25.看汝人家去出外　冤家起事真罪卦
26.那知今旦向悽慘　有事吞忍無相干
27.近來淡水劉欽差　漳泉械鬪奏皇帝
28.聖旨直來有主意　械鬪就是賊豎旗
29.造反賊馬通鄉辦　冤家就同只件案
30.大隊官兵日到鄉　抄家滅族免思量
31.官法火爐無容汝　勸汝今且着忍事
32.事未破頭好收成　不通激氣來品猛
33.各人子姪着約束　免致鬧事敗宗族
34.家長收事有決斷　生好子孫中狀元

2.〈台灣舊風景新歌〉提要

「大稻埕腔」「偏泉」

全歌共84葩，336句，2352字。每四句一葩，每葩一韻。

本歌從「鄭成功開台灣」說起，首先即申明台灣本屬無主之地：

【原早台灣無人管　平陽礦「應作『曠』」土專生番】

僅生番游獵，自由自在。但此一「烏托邦」，卻因台人祖先從閩南「討力船打破」，不得已「逃來台灣即生活」，將本是幸福島捲入漢民族爭天下之「是非地」，其後詳述先民初抵台灣，身處荒埔野地，極目所見盡是林投竹刺，菅蓁蔽道。墾民如何就地取材，以茅草遮頂，劈竹作棟，圍塗葛壁以避風雨，力求克難圖存。百姓如此艱苦，而統治階級則是「做官食飽倒塊困　精神想卜燒烏煙（薰）」，傳統士大夫觀念導致社會上「專是粗夫塊耕農」，而「文人逐个恰蘇爽」。作者又批判另一社會不平等，則是男尊女卑，所謂「以前查某無路用　平平一個算半丁」，作者以樸實語調描述台灣舊社會各色「風景」，讀此文，當時百姓之生活情況，如身在其境。全文以台灣「後來加（嘉）南開大圳　荒埔礦（曠）野變田園」，全台各地終於瓜果盛產，五穀豐登作完滿結束。善用現代科技，如開闢嘉南大圳之類水利設施，在全台普遍創設，使生產取得革命性進展，帶動百業騰達，社會文明，墾民終究因而成居民，他鄉更勝故鄉。

〈台灣舊風景新歌〉因其詞「順理成章」，其歌詞常為後繼「歌仔仙」之「開台歌」藍本，如楊秀卿、吳天羅、黃西田等，即時常「摘引名句」或全文照錄不斷唸唱。其後基隆永光書局以〈鄭國姓開台灣歌〉（1955）、竹林書局以〈鄭國姓開台灣歌〉（1958）及〈過去台灣歌〉（1976）之名，改名盜印，隨意增刪。尤以竹林書局1985年版分上下冊之〈鄭國姓開台灣歌〉更是豈有此理，不但割裂原文文字，剪黏反共八股，更以拙劣語句，曲解原作本意，糟蹋全文結構。偏偏市面上就以此版流通最廣，影響最大！今日所見〈鄭國姓開台灣歌〉皆以之為範本，作羅馬音注本，愈注愈偏，真是「臭柑排店面」。

本歌不見錄於其他出處，筆者藉此機會，公布原版，讀者可以看到樸拙且富於哲理之原著。以下全文乃根據筆者家藏本原文打字，不做任何文字更動或增刪。

〈台灣舊風景新歌〉不著出版社及年份

封面題「反共抗俄　軍民團結」　編作人　陳清波

台北市延平區民樂街一五二號

◆〈台灣舊風景新歌〉全文（）內字，乃筆者「推薦字」。按語亦筆者附註。

1. 列位貴君恁恰靜　乎我攪擾几分鐘　聽念台灣舊風景　古早三四百年前
2. 以前台灣無王化　天氣平和無寒熱　有人討力船打破　逃來台灣即生活
3. 原早台灣無人管　平陽礦（曠）土專生番　明末清初天下亂　國姓即來開台灣
4. 來開台灣鄭國姓　漢人不降伊滿清　抗拒全師十三省　建設澎湖卜頓（躉）兵
5. 國姓少年真僥（驍）勇　將官逐个真盡忠　身邊伊有五虎將　甘輝萬禮甲施良
6. 五虎逐个盡忠義　林四許昌陳魁奇　陳豹陳典不驚死　清兵逐个都驚伊
7. 出兵海水起波浪　陳家兄弟領先鋒　海底都能浮龍「鎮」　因何大事袂成功
8. 國姓原籍石井鄭　抗拒清兵數十年　南京失敗即致病　歸天即換因校（後）生
9. 民族英雄鄭國姓　堅心守志卜復明　成敗興衰是天命　死後大權交鄭經
10. 鄭經即換鄭克爽（塽）　戰敗降清即封王　清朝天下即一統　即有船隻來交通
11. 國姓開台無外久　磚城造去真功夫　代先建設南寧府　天興萬年分二區

12.明末清初即平錠（定）　南寧改號換府城　有看歷史着知影　台灣全島設三廳

13.清朝初時來接管　看做小小个台灣　台南府城竹塹縣　台北野有平埔番

14.台灣都市第一早　台北號做大加蚋　一府二鹿三艋舺　專是草厝圍籬把（芭）

15.街頭巷尾專草厝　無橫無直三腳株　壁虎油虫逐項有　柱腳閣能生咒（蛀）龜

按：「油虫」[14]，日語「あぶらむし」即台語「加絕」/ka¹tsua?⁸/，華語「蟑螂」。

16.起厝專是塗葛壁　人智發達未到額　厝頂崁草無崁瓦　暗時專點臭油夯

17.許時文化未進步　亦無電火暗摸摸　點臭油夯真干（艱）苦　一泡親像火金姑

18.烏暗時代無電火　街路專是瀾溝粥（糜）　大溝無橋袂得過　雨來四檜（界）嘗例例

19.時代藉（舊？）貫（慣）帶真重　起厝光廳格暗房　厝內逐宮有屎桶　六月暑天非常香（芳）

20.以前頭壳是真定　社會非常無衛生　囝仔鼻流袂曉槍　不時二港青乳乳

21.囝子槍鼻用手映　街頭巷尾專愛（隘）門　不時甲鬼行相斷　煞有電火即年光

22.古早大厝第一水　起好另外插竹圍　呆運不時斷著鬼　竹腳皇金歸大堆

23.時代交通真呆路　大溪無橋舖竹箍　上山落嶺真干（艱）苦　專是竹腳芒仔埔

按：「芒仔埔」，作「墓仔埔」之表音字，「芒」，音/baŋ⁵/。

「墓仔埔」讀作/baŋ⁵a¹pɔ¹/，本歌作者是「大稻埕同安腔」，封面雖不著年代，但以版式及封面反共標語「反共抗俄　軍民團結」來看，約是民國

[14] 見吳守禮，《什音全書中的閩南語資料研究》p.337，作者自費出版，2006.1。

三十四年國民黨來台以後，國共戰爭熾烈期，約當1945-1950年左右，距今五、六十年前，當時「墓仔埔」讀作/baŋ^{5}a^{2}pɔ^{1}/，據張屏生[15]所作方言調查，蘆洲方言「墓仔埔」讀作/baŋ^{5}a^{2}pɔ^{1}/，因蘆洲與大稻埕同屬同安腔，所以本詞可直接作方言調查及文獻之「歷時比較」。

24.早時大路造無透　專是大埤甲圳溝　瘦田拋荒發竿（菅）草　路墘全部種那（林）投

25.本誠無車通運送　過船渡蔣（槳）真遷工　專行竹腳莿仔巷　黃昏着無過路人

26.早時交通無建設　道路崎嶇真崁戛　點火紙草火刀切　壁邊屎壺排歸列

27.衛生袂曉通拼斷（盪）　屎尿放勸路中央　戶（胡）臣（蠅）蚊仔店塊狀　勸塊生孤（菇）煞發毛

28.地方全部無整理　交通不便真希微　台北野未成都市　街頭巷尾專大埤

29.時代市區真荒廢　彎街越巷路真窄　亦無市場通買賣　第一鬧烈（熱）中南街

按：以「烈」代「熱」，「聲母『柳』『日』不分」，泉腔。

30.滿清時代無整頓　交通不便用航船　做官食飽倒塊困　精神想卜燒烏煙（薰）

31.來往交通用船隻　台灣亦無自動車　貨物運搬真懊寄　起水苦力塊趁食

按：「運搬」，華語「搬運」之反序詞。「起水」，上貨。

32.市內人數是真撒（散）　冬天落雪亦真寒　好天航船那瓦（倚）岸　即有苦力塊運搬

33.專是航船塊載貨　台灣出口樟腦茶　溫州配來紅白鮓　水油糖粉甲大麥

按：「水油」，今「石油」。

34.從前台灣無生產　全部都是看天田　無米着去南洋辦　亦無豆餅欠肥丹

---

[15] 據張屏生，《同安方言及其部分相關方言的語音調查和比較》，國立台灣師範大學國文研究所博士，1996，頁120，蘆洲方言「墓仔埔」讀作/baŋ^{5}a^{2}pɔ^{1}/。

按：「肥丹」，一種肥料，「過磷酸石灰」－據《台日大辭典》。

35.農村袂曉通耕作　大肥出剩不甘落　瘦田恰能發草抱　那卜豐收得確無

36.烏暗時代人恰戇　專是粗夫塊耕農　文人逐个恰蘇爽　那中秀才誠威風

37.清朝亦無設學校　有錢子弟即能賢　讀書識字通考教　赤子終身粒鋤頭

38.滿清重文不重武　無設學校着恰須（輸）　赤人苦學罵是有　十个九个青冥牛

39.許搚（陣）專制个時代　人智烏暗野未開　狀元三年考一擺　讀書望卜進秀才

40.出士秀才中過面　連捷福州考舉人　陰公隲德真要緊　那無冤鬼能纏身

41.清朝舉人真貴氣　一舉成名天下知　牌匾文魁大武字　顯祖榮宗煞豎旗

42.時代考教有歸（規）定　貴賤二字分真明　昌（娼）優隸卒不彩（採）用　破戒不準（准）上朝廷

按：「昌（娼）優隸卒」，「娼」，娼妓。「優」，徘優，即搬戲者。「隸卒」[16]，泛指奴僕。

43.貧窮散赤無要緊　清白無人敢看輕　赤人子孫能寸進　下賤永遠做牛（愚？）民

44.古早廉恥真有守　品行各人皆忌收　那卜考教能瓊救（窮究）　禁止三教下九流

按：「皆忌」，直音/kai¹ki⁷/，「自己」。

45.滿清祭（制）度隴無換　舉人門口豎旗竿　來台五縣鎮一半　那卜際（祭）祖倒唐山

46.質款古例是習貫（慣）　原籍隴是帶彰（漳）泉　初來經商做小販　有个耕種帶鄉村

47.祖先專是中國人　四十年前有頭鬃　查某縛腳袂粗重　穿插全部無相仝

48.想著早期个穿插　許搚（陣）查某縛小腳　鞋底一粒木屐搭　出門真正呆

[16] 見〈明清時期泉州考秀才的形式與習俗〉載《泉州文史資料第一輯》，泉州市文史資料研究委員會編，1986.9。

行踏

49.有个勇敢縛真歲（細）　有個驚痛虎咬雞　行路腳骨能廣（講）話　着是大腳假小蹄

50.查某縛腳是古例　縛甲腳骨那姜牙　三寸金蓮真好體　行路親像雲過月

按：「姜」代「薑」，「『姜』牙」，「嫩薑」。

51.一款小（細）漢無認份　驚痛縛甲宜宜尊　暗時盜流即去困　大漢袂須（輸）鴿坂船

「盜」流，「盜」作「都」之表音字，音/tɔ⁷/，泉腔。「盜」流，言將裹腳布解開。

「鴿坂船」即「甲板船」。

52.時代縛腳即大辦　查某穿杉勤欄矸（杆）　看着親像靈棹嫺　出門袂行着人牽

按：「勤」代「捆」，音/kʰun⁵/，泉腔。

53.社會烏暗个時㨂（陣）　男女做堆着愛分　身穿衫褲逐嶺（領）滾　寒天頭壳包烏巾

54.時代束縛舊禮教　查某縛腳甲梳頭　平數（素）不識出門口　千金小姐店秀（繡）樓

55.查埔頭鬃即大抱　富戶長袍甲羊羔　文人出門戴碗帽　僥倖虱母蠕蠕趖

56.那是紳士恰幼秀　頭鬃放直生尾鰍　少年格燙麵線鈕　逐个虱母生歸球

57.早時頭鬃真鎮塊　粗夫着因頭鬃螺　查某囝仔未出嫁　頭鬃專葛（結）紅凸紗

58.查埔熱天紅水褲　通聯染澀踏田塗　赤人腳巾做頭布　包甲頭壳即大箍

59.古早個人有恰宋　寒天專穿破裘公　杉褲穿甲闊「䘥」「䘥」　鱸鰻紳士包拔風

按：「拔風」，用語極巧妙，意即鱸鰻或紳士皆引以為「時尚」，而互競流行。

60.時代流行霞堵汗　無論紳士亦鱸鰻　秀（綉）龍秀（綉）鳳真好看　赤人

布袋做雨披（幔）

按：「霞堵汗」，/ha[5]tɔ[2]kuã[7]/，繫肚兜。

61.歷代金錢上高貴　世間貧窮真克閈（虧）　富戶鞋襪甲褲腿　粗夫笠仔甲棕蓑

62.以前查某無路用　平平一个算半丁　比較現代个女性　煞比查埔恰才情

63.舊時查某無塊看　現代女人做大官　公務人員鎮一半　觀音恰高大屯山

64.近來男女真平等　剪髮流腳即文明　研究電波誠好用　全球通達几分鐘

65.社會教育頭一項　文化進步能驚人　舊色（式）際（制）度漸漸放　改格（革）流腳剪頭鬃

66.早時機器無人識　專是用人个愧（氣）力　后來外國去視察　科學漸漸即發達

67.政府整頓錢無惜　山打傍空溪造橋　火車冥日行無宿　恰遠交通能得着

68.初時電力設會社　大路通使自動車　整頓機器「硪」甘蔗　台灣文化有到額

69.社會文明逐項好　出門大路平波波　百姓蘇爽食水道　擔水趁錢食屑無

70.後來加（嘉）南開大圳　農村生產能平均　山林佛（核）下奉開墾　鐵路基隆透恆春

山林「佛」下奉開墾，「佛」作「核」之表音字，音/hut[8]/，訛讀，應讀/hiek[8]/，核准也。

71.生產南部三份卵（二）　荒埔礦（曠）野變田園　火車冥日行不斷　蘭陽三縣小粟倉

72.竹山地理美人鏡　鹿港香草上出名　社會普遍隴知影　念卦（寡）生產乎恁聽

73.台灣九份出金礦　北投山頂出流（硫）黃（磺）　紅銅出著水南洞　烏油石炭出瑞芳

74.山林一帶出木炭　關仔嶺腳出溫泉　北投山腳塊燒碗　宜蘭鴨賞甲胆肝

75.士林名產石角芋　出名凸柑著新埔　金山海口出魯古　打狗淺野紅毛塗

76.麻豆出名文旦柚　竹東山腳出石油　樹林出名老紅酒　塩埕出著台南州

77.內山蕃界出樟惱（腦）　士林名產出甜桃　台北溪州出「石桑」　鹿港出名鳳眼糕

按：「石桑」/tsioʔ[8]so[3]/，即「石卵」，即華語「鵝卵石」。

78.台南生產麻布袋　蘇澳出名大白灰　苗栗竹北出柿粿　南勢出名烏龍茶

79.新竹名產出凸粉　過溪蕃薯恰無根　双園出名麻竹筍　新米出著葫蘆屯

80.南部生產蕃仔豆　鹿港和美出奚猿（蝦猴）　員林莊腳出鹹草　彰化線西出蒜頭

81.深坑淡水出毛蟹　結（傑）魚出著新店溪　安平海產出干貝　台北出產木梨（茉莉）花

按：「結魚」，應作「傑魚」/kiat[8]hu[5]/，即「國姓魚」，今台灣華語又叫「香魚」。

82.溪州出產菜（脯）補美（米）　東港出名紅鰕裨　宜蘭金棘（橘）黃肉李竹山粗紙甲筍絲

83.新莊出名白紗線　嘉義出產龍眼肝（乾）　小梅欖務甲「黃彈」　豐原出名五生（牲）盤

「欖務」應是「蓮霧」之表音字，直音/lam[2]bu[7]/。

「小梅」，梅子品種名，梅子品種繁多，其大粒者有胭脂梅及粉紅梅兩種。小粒者即野生山梅及小梅，其他更有尖頭梅三種[17]。

「五生（牲）盤」，/ŋɔ[2]sĩ[1]puã[5]/，一種供拜拜用，盛五種牲禮之五層圓盤。五牲者：雞、鴨、魚、豬、羊。

84.嘉義大林出龍眼　白米黃麻落花生　麼項菓只（子）有人種　五谷（穀）豐丁（登）好收成

---

[17] 丘應模，《台灣的水果》，渡假出版社有限公司，1990.4。

九　建設台灣話語料庫

台灣本土作家無論寫作文字是以中文、羅馬字，或漢羅，文學形式出之以散文、小說、劇本或新詩，其根基皆是台灣文化，而本土語言則是文化之載體，因此浸淫台灣文化，精通本土語言，慣練台灣文字，是台灣作家必備之條件。

而接受完整中文教育，飽讀歐美文學理論，不過是「華文作家」之基本條件而已。當今本土作家之通性在於：有「華文作家」之養成，無台灣作家之基本條件。當務之急是提供一個「超級語文資料庫」，作為台文作家「聽說讀寫」之範本，此一資料庫包含：

1. 所有羅馬字文獻
2. 所有假名文獻
3. 所有說唱有聲資料
4. 傳統台閩語漢字文獻
5. 南管資料庫
6. 台語劇本及流行歌語料合集
7. 歌仔冊文庫

台灣人應該懷抱雄心壯志，集合一切資源，完成「台灣傳統語文資料集成彙編」，使台灣文化穩固根基，進而聯結新學問，發展出有特色之獨立文化。

參考書目

《台日大辭典（上下卷）》，台灣總督府，台北市小塚本店印刷工場，昭和六年（1931）。

《民俗台灣》，第三卷十號，1943.10。

黃得時，《台灣歌謠之研究》，國科會手寫稿，1952。

吳守禮，《近五十年來台語研究總成績》，作者油印稿，1955.6。

張屏生，《同安方言及其部分相關方言的語音調查和比較》，國立台灣師範大學國文研究所博士論文，1996。

杜建坊，《歌仔冊之語言型態及台閩次方言判定法探討》，中山大學，語言之文化面向－台灣漢語方言研究工作坊之研討會，2007.5。

下村作次郎著，邱振瑞譯，《從文學讀台灣》，前衛出版社，1998.3，第二刷。

《賴和先生全集》，日據下台灣新文學，明集1.，李南衡主編，明潭出版社，1979.3。

胡萬川，〈反思與認同——1920-30年代中國與台灣民間文學運動的異同〉，高雄師範大學文學院，台灣語文與教學研討會暨論文發表會，2007.6。

方耀乾，〈台語文學的起源與發展〉，台語文學史簡冊，台南：方耀乾，2005。

丘應模，《台灣的水果》，渡假出版社有限公司，1990.4。

歌仔冊之解讀法及語言型態

一 引 言

漢字拙於表音，偏偏歌仔冊卻以全漢字表音為主，表音標的又是台閩語及其次方言，此一自古即缺乏「漢字規範性」之語言。歌仔冊到底如何使漢字「說台閩語及各種方言」，並傳達其所蘊含之「音義」予讀者，反之讀者如何解讀「紀錄者」所欲傳達之音義？

「記者」及「讀者」如何破除「時空差異，方言差異」之障礙，在彼此無事先約定之前提下，正確傳達彼此信息？本文嘗試就此種種問題，提供研究方向，甚至提供解答。

如漢字最難表達之擬聲詞，歌仔冊亦可提供研究材料，如「動詞前綴AAB式」、「形容詞後綴ABB式」、「名詞後綴ABB式」、「合音詞」、「三疊音詞」等。

其研究方法是羅列台閩語之所有「語音、詞彙、語法現象」就每個主題逐一與歌仔冊做比較，敷衍彼此之音義。若歌仔冊之語言現象，超出現今之研究範圍者，則「暫設新詞」以規範其主旨，如「定韻腳字」、「定腔字」、「語言風格詞」、「熟語定腔」等。

歌仔冊是台閩語之百科全書，足供各學門作種種研究，但語言則是一切研究之基礎，以語言學之立場研究歌仔冊，至今未見深入之研究成果，與語言學者之怠惰有關，亦與歌仔冊用字遣詞之俚俗僻奧有關。筆者家藏一千多種、數千本之歌仔冊，暇時隨手翻閱，常見各種方言現象紛陳，每有新意發現。今就筆者之零碎筆記，略作摭拾，梳理條理，提供高明指正。

筆者「十學九不成，愈學愈無閒」，本文自是難堪大用，當作學步可也。

二　歌仔冊之定義

歌仔冊是一種表音文字紀錄，是檢索庶民百姓口語之百科全書，紀錄對象以台灣話、閩南話及其次方言為主，旁及一小部分潮州話與客家話。以至今所知之最早刊本：清道光六年1826木刻版《新傳台灣娘仔歌》而論，時間上已歷180年，所記錄之語言資料涵蓋百姓生存所及之一切，舉凡文學、戲劇、音樂、天象、工藝、民俗、宗教、語言、歷史、時事、故事、傳說、地名、年中行事、各行各業、賭博、乃至樹木花草、鳥獸虫魚……等等，無所不包。

1. 歌仔冊之表記文字種類及其意涵

歌仔冊之表記文字可分兩類：

1.1 純漢字表記

歌仔冊從最早期之清刊本以降至廈門、上海印本，凡在中國出版者一概皆以漢字為唯一表音文字。

1.2 漢字交雜其他文字表記

凡在台灣出版者亦以漢字表記為主，但有夾雜一小部分其他文字如假名、羅馬字、ㄅ、ㄆ、ㄇ注音符號[1]三種，但此三種表記文字，實際上僅「假名」有用在歌仔之「本文」，當文字用。其他兩種則僅限作音注用，故可以

[1] 夾雜假名者如《農場相褒歌》、《國語白話新歌》、《日語漢改研究歌》……等數量最多，ㄅ、ㄆ、ㄇ注音符號散見於1945年後發表於雜誌之歌謠採集者，如張李德和〈嘉義童謠彙輯〉，《台灣風物》15卷3，1965，但只做注音之用，羅馬字亦僅見於學者研究歌仔冊時作音注用而已。

僅算一種。此類表記法反應台灣之政權更迭，亦是近代閩、台方言差異擴大之充分顯示。

2. 歌仔冊之表音文字性質

歌仔冊既然以漢字表音為主，到底如何解讀方能「還原」其「本音」？而其本音又有幾種？關於如何解讀本音，是本文欲探究之重點，第四章「歌仔冊之音詞型類」會有詳細分析。

3. 歌仔冊之語文形式更替

大體上歌仔冊之語文形式可分四期：

3.1 第一期

以清刊本為代表，其特徵是「文白相雜」，但「白多於文」，用字遣詞以漢文及泉州方音混用，南管味極濃。其代表音則以泉腔占絕對優勢，廈腔次之，漳腔未見？

3.2 第二期

以閩南之廈門、泉州、漳州及上海之印本為代表，其特徵是「口語詞日漸普遍」，所用字詞依舊處處可見沿襲南管傳統之痕跡，如「障生」、「向生」、「來到只」等，而且俗字或「自創字」為數不多，泉廈腔占優勢，漳腔少見。

3.3 第三期

以日本時代（1895-1945）台灣出版之歌仔冊為代表，是歌仔冊之成熟期。其特徵是漳腔歌本已處處可見，編歌題材日漸擴大，假名符號進入編輯體系，白話音之表達已有規律可循，文讀音之應用，通常僅限於已在口語流通者為限。

3.4 第四期

以戰後（1945－）台灣出版之歌仔冊為代表，是歌仔冊巔峰期，知名或不知名之編歌者，人才輩出。其特徵是漳泉腔難以明確界定，兩者有融合之趨勢，白話蔚為主流，用字大膽，不論俗字、新造字、表音字、外來語詞或假名音標，皆大量運用，毫不避諱，以能表現傳唱者之情意為唯一考量。且創作題材廣泛：

有童話類：〈百草對答歌〉、〈百果大戰歌〉、〈戶蠅蚊仔大戰歌〉。

災難類：〈八七水災歌〉、〈二林鎮大奇案歌〉、〈苓雅市場大火〉。

自由戀愛類：〈烏貓烏狗相褒歌〉。

實業類：〈士農工商歌〉。

劍俠類：〈狐狸株劍仙〉。

電影：〈桃花泣血記〉。

流行歌：〈紅鷹之鳴〉、〈跳舞時代〉。

國語推行：〈國語白話新歌〉。

從軍宣傳：〈新兵入營歌〉。

除傳統題材外，從寫實至幻想，由囝仔歌編到吐劍光，既有花草鳥獸，更不缺魚蝦水族，無所不歌，幾至無一題材不可入歌之程度。

4. 歌仔冊名稱之界定

如何定義歌仔冊？歌仔冊不僅是9×15公分，或11×15公分，厚五至十張，或單張對折，此數種印本形式而已，歌仔冊有四種流傳形式：

4.1 印本

分木刻、石印、鉛印、活版四種。

◆印本有四種規格：

1. 一本一歌：屬最普遍之歌仔冊印行形式。
2. 一歌多本：分集數，最長可至55集，如〈山伯英台歌〉。
3. 選集：類似文摘性質，從各個出版社，各作者，或各出版年份，摘錄一本或多本，單歌或合歌，匯集成一大本，或數本，名為《通俗歌選集》[2]，類似今之小說選，或散文選之類書籍。
4. 一本多歌：即「合歌」。是一種集數種短文，合印成一本之歌仔簿，數量極眾，如《增廣長工、縛腳、天干、上大人、十二古相合歌》，《最新廿四送、十八摸、卌二呵、十二步、十二按合歌》……等。

4.2 手抄本

以毛筆或鋼筆抄寫於帳簿，或其他雜記簿之抄寫本。

4.3 散篇

以歌仔冊之韻文形式為主，散見於各種報刊、雜誌、專書、論文之歌謠。如《台灣慣習記事》、「台灣藝苑」、《台灣の歌謠と名著物語》、《台灣風俗誌》、《台灣情歌集》、《台灣民報》、《台灣警察協會雜誌》、《民俗台灣》、《台灣風物》、《台灣文獻》、《民俗曲藝》……等。

---

[2] 如《台灣通俗歌選集（第六集）》，台南市：華南書局出版，1957.11。題要：本歌類似文摘性質之合歌，共11種，全書計100頁，可能是歌仔冊頁數最多者。

4.4 廣告、宣傳、競選單

大多是一張紙摺成多頁，雙面排印，尺寸大小不一之摺紙。如〈台灣光復歌〉、〈賣藥廣告歌〉、〈廈門都馬戲曲白〉、〈嘉義第三屆議員競選歌〉……等等。

故凡合於上述四種流傳形式者，皆通稱為歌仔冊。「包含少數」南管戲文、指套、唱詞、其他戲種之劇本、現代流行歌、及其他形式之民間文學。

5. 歌仔冊之種類

據王順隆[3]書目統計共1649種，但何謂種？「種」及「本」差異何在？定義尚不明確。且統計亦嫌粗略，如書商廣告所列之歌種，不能保證每種皆必然出版，是否應計入？或歌仔冊之計算方式：如一本多種如「合歌」類，到底算一種或多種？封面題名與內文題名不同者，如何計算？同一本歌分上、下冊，而歌名卻不同[4]，以何名為準？算幾種？名稱近似或不同，而內容完全相同者，算幾種？亦有封面即有兩種歌名並列者[5]，更有一歌三名者[6]，筆者以為，應先將上述種種問題梳理出一條理路，方能有一個「總數近似值」。

筆者家藏成人軒歌仔冊目錄，經久長繁瑣比對，已進入三校，待四校完成即可公布。但初步估算，僅家藏本即超過2800本，若剔除重複，家藏本有而王本不錄之印本，及手抄本，為數可觀。若合併王本目錄，再加其他發表於專書期刊，然未收入書目者，總數粗估必然多於3000本。

---

3 王順隆，〈「歌仔冊」書目補遺〉《台灣文獻》47.1：73-100，1996。

4 如廈門會文堂，宣統二年（1910）石印。上冊題〈最新張文貴紙馬記〉，下冊題〈最新父子狀元歌〉。

5 如直書是〈大清奇案歌〉，封額又橫書〈李文龍橄欖記歌〉。宣統三年（1911）新學書社。

6 一種歌，卻同時有三個歌名並列者：封面橫題〈最新月台夢上、下〉，內文則為〈最新月台夢美女歌上、下〉，封面直書〈龍頭寶劍記歌〉，宣統三年（1911）石印，新學書社發行。

三　歌仔冊之研究

1. 研究歌仔冊先決條件

研究歌仔冊應具備三個基本條件：

1. 具文獻檢索能力，能充分應用文獻者。
2. 具語言田野調查能力，能精確記錄及描寫方言及次方言音韻系統者。
3. 研究者本身具豐富台閩語詞彙及相關知識者。

2. 研究歌仔冊分四個步數

2.1 校正版本

版本有兩種：

1. 文字紀錄之版本：先做版本互校，以同一歌名之不同版本做比對，即在不同年份及版式（木刻、石印、鉛印）手抄本、及有聲資料之間做充分比對。

   歌名近似或不同，但內容近似或相同之版本比對。

   如此初步比對，可避免對字形、別字、俗字和省筆字之誤判，亦有助於字音及字義之初步認定。
2. 有聲資料：部分歌仔冊曾錄製唱片或錄音帶，可視為歌仔冊之記音資料，對於歌仔冊之音韻詞彙解讀，具有無可取代之功能，日本時代早期所灌製之唱片尤其珍貴。應優先比對，對於解決歌仔冊研究最棘手之「虛辭」，如擬聲詞、襯字等，助益最大。

2.2 檢索文獻

經前述版本比對後，可將有疑義字詞做文獻檢索，檢視詞彙之「義項」、「年代層次」、「方言層次」之異同。

文獻通常指辭典、分類典、會話書、與檢索主題相關之專書或文章等。有時片言隻字，皆有大用，如欲解讀〈拔皎歌〉或〈花會歌〉則應先瞭解清代賭具及賭法，則《台灣習俗》就非看不可。

欲解讀〈台灣民主歌〉先應瞭解此一事件之相關人事物，則《台灣史料集成》、《台灣舊地名辭書》、及台銀版《台灣文獻專刊》等書，可滿足需求。

欲解讀〈蚊仔戶蠅大戰歌〉，則《台灣產主要魚貝類圖說》是必備參考書。

2.3 確定方言

因歌仔冊是表音文字，所表之音必有一「確切方言」作標音主體，不似其他漢字所記述之文體，只重意像傳達。不能代表任何實際語言之音韻詞彙系統。所以瞭解歌仔冊所代表之「確切方言」是一切研究之基礎，亦是起步。先確定語音，方能有精確音值紀錄，方能確定文字及詞彙，先求完全解讀，方可提供各學門做「研究素材」，如文學、史學、戲劇、音樂……等等之進一步研究。

逐一確定每本歌仔冊之大方言，再視證據進一步確定次方言，或混合方言，再做歸類統計，最終目標是：做出所有歌仔冊之方言歸屬。初步編出「歌仔冊方言總目錄提要」。

如何確定方言？不外從文獻或方言調查入手，文獻資料大致可說是過去之語言調查，但某一部分則僅是資料重新匯輯整理，而方言調查則可補文獻資料之不足。然用現代語言學方法，做方言調查，不過是最近三、四十年之事，最早亦不超過六、七十年，且其調查重在語音，無意於詞彙，其目的在與漢語中古音做比較，不在台閩語本身之研究。晚近方有少數優秀學者，專注台閩語之研究。但縱然兼作詞彙調查，其詞彙亦不過三、四千詞，數量不足以應付歌仔冊之豐富辭藻，且歌仔冊書面資料已有180年，並非起步不久之方言調查所可企及，則文獻之蒐集利用，更重於方言調查。

2.4 確定研究體例

1. 存真：校正時應保留或儘量保留真本之一切形式，對原文之增刪以（）、「」等，在原字之後填入校對者之「推薦用字」，如廣「講」話、加里圭「雞」、鵝「舉」枷。且校正本應與原本並列，以供讀者比對。
2. 附音註：校正本須逐字附音注，僻詞要有註解，音註應以編者之方言及時代為依歸，不可以校者之母語做標準。如〈新選笑談俗語歌〉應以泉州，甚至晉江腔作音注。〈新輯曾二娘歌〉應注漳腔，甚至嘉義腔。〈張玉姑靈驗歌〉應注伸港海口腔。〈茶山相褒歌〉應注台北安溪腔，1860年之〈新刊番婆弄歌〉全文皆是南管曲調及說白，應以「古泉」及「新泉」音注。
3. 不強作解人，對於無把握之字詞，或上下文氣不解，或字形不辨，應存疑勿論，俟以來日，或俟以高明，切忌逕作斷語。

關於歌仔冊之音字整理體例，施炳華[7]教授另有獨到之見解，與筆者稍有不同。

[7] 施炳華，〈談歌仔冊的音字與整理〉，《成大中文學報》，2006.6，歸納出三個要項：1.凡改字，必在後面以括號（）內保存其原文。2.注音要考慮時代、地域、次方言、讀書音與白話音的區別。3.解釋字義應力求正確有根據，並要符合當時社會的語詞意義。

四　歌仔冊之音詞型類

1. 文讀音

【「雲橫秦嶺家何在」　降下風雨直直來】

〈特別遊台新歌〉廈門會文堂1914

「雲橫秦嶺家何在」，作者直接套用韓愈之詩句，應唸文讀音。

【做人講著認恰戇　「休管他人瓦上霜」】〈運河奇案歌〉瑞成書局

「休管他人瓦上霜」以漢文音讀。

【羊有跪乳　鴉有反哺】〈新刊勸人莫過台歌〉

全句漢文詞。

【春色惱人眠不得　月移花影上欄杆】〈潘必正陳妙常情詩〉木刻板

全句漢文詞。

2. 白話音

【廈門總算十三港　街中盡是大洋行

有人店內排「古董」　通街盡是富戶人】〈特別遊台新歌〉廈門會文堂1914

此句定韻字是「港/行/人」，江韻/aŋ/。定腔字是「董」，讀白話音/taŋ²/。「古董」音/kɔ₃₅taŋ⁵⁵/，屬三邑泉腔，古「董」台灣唸文讀音/tɔŋ²/。

【打算水路不真遠　者無通看人「鄉村」

煙船起行在水攢　不識坐船心能「狂」】〈特別遊台新歌〉廈門會文堂1914

定韻字是「遠/攢」，毛韻/ŋ/。定腔字是「村/狂」，「鄉村」說/hiũ¹

ts^{h}ŋ^{1}/，是泉腔，尤其是金門，閩南泉腔。台北安溪腔是/hiɔŋ^{1}ts^{h}uan^{1}/，台灣普通腔說/hiɔŋ^{1}ts^{h}un^{1}/，但以「庄腳」或「草地」較常用。

心能「狂」讀白話音/kŋ^{5}/，現在台灣已經算是「古早話」，現實生活未聞。但在南管則是常用詞，如「一陣狂風」就讀 / tsit^{8}tin^{7}kŋ^{5}huaŋ^{1} /。

【燕仔飛簷前　無某十八年　杉也破　褲也破　無某真罪過】

廖漢臣〈彰化縣之歌謠〉1960

「定韻字」：「破」花韻/ua/，韻腳字「罪過」/tsə^{7}kua^{3} /：「過」字白讀。

3. 訓讀音

3.1 音訓

【「薛今」那到雷就陳　阿兄生理著討趁】〈最新修成正果歌〉廈門會文堂

「薛今」，/siʔ^{4}nã^{4}/，閃電。

【五爪開花鴨腳把　娘仔少年不去嫁

契兄害死千外个　害人腳瘋「崎」重枷】〈最新百樣花歌〉

「崎」，訓「舉」，音 /kia/，屬泉腔，音訓字。

【我今伸手打死你　不使縣口「鵝」大枷　「鵝」大枷】

〈新刊正月種蔥歌〉廈門會文堂1914

「鵝」為「夯」之表音字，音 / gia^{5} /，屬泉腔，音訓字。

【蓮藕打斷有牽絲　菜瓜宣藤真賢纏

中意入心難了離　好看不是「疾」半年】稻田尹〈台灣歌謠選釋〉1941

「疾」做「一」之表音字，音 / tsit^{8} /。「疾」讀 / tsit^{8} /，屬泉腔，音訓字。

【「圭良」到城有五步　水返腳圭一半路

一日卜行真千（干）苦　此去卜設司令部】〈台省民主歌〉

「圭良」，訓「基隆」音訓。水返腳「圭」訓「街」形訓兼音訓。

3.2 義訓

【新造火車行鐵枝　無腳「能」行不真奇】〈台省民主歌〉

「能」字訓「會」音/ue/。義訓。

【勸你燒酒「不可」食】〈新樣台灣種蔥歌〉

【豬肉不買買豬頭　有某阿君「不可」交】廖漢臣〈談談民歌的蒐集〉1948

「不可」，訓「不通」m^{7}t^{h}aŋ^{1}。義訓。

【田園賣去四五坵　「尚伸」二間小破厝】〈最新百樣花歌〉

「尚伸」，音/iaʔ^{4}ts^{h}un^{1}/，訓「尚剩」，義訓詞。

【編歌着愛想新款　古事無用提來翻

這是我个所志願　智識研究「正能高」】〈運河奇案歌〉瑞成書局

「正能高」，義訓「才會高」，義訓詞。

【海水闊闊流無息　船頭有時相門着

做人戚（積）極真可惜　到時救人大聲叫】林清月〈民間歌謠研究〉

定韻字：「着/惜/叫」/io，ioʔ/，燒韻。「息」字訓讀　/hioʔ/

4. 俗字

【阮厝都無大傢伙　閹雞袂使趁鳳飛

會曉迌迌錢免多　着用海口佮嘴花】林清月〈民間歌謠研究〉

「迌 迌」/t^{h}it^{4} t^{h}o^{5}/，/ts^{h}it^{4}t^{h}o^{5}/，遊玩，民間俗字。

【錢銀「根門」開賣盡　愛得「勇件」君一身】

台北周協隆〈新編包食穿歌〉1932

「根門」，表音/kun¹tu¹/，反正。「門」，通音/tu²/在此作陰平聲，民間俗字。「勇件」作「勇健」之表音字。

【聽見水聲「𬊈𬊈」响】〈最新番婆弄歌〉

「𬊈𬊈」，狀水聲，音 /pʰin⁵ pʰɔŋ⁵/，擬聲詞，俗字。

5. 自造字

「俗字」及「自造字」之差別在於：「俗字」已經約定俗成，有一定之社會基礎，甚至已收入字典，如「囝」字，而「自造字」則尚未普及。

【船今未行无通食　飫去腹「肚」凹「吧隻」】

新造「腹『肚』」代替「腹肚」，用以表特殊腔口。

【棕（鬃）頭髻　謹打「粿」　頭到尾　請先生　內外科】〈新選笑談俗語歌〉

「粿」音/tsʰe³/，自造形聲字，用以表「粿團」。

【十甑龜　八甑粿　亦縛粽　亦煎「粿」】〈新選笑談俗語歌〉

「粿」音/te¹/，自造形聲字，用以表「某種油炸食品」，如/o⁵ te¹/。

【即滿月「炕」被裙　洗屎袋】〈新選笑談俗語歌〉

「炕」被裙，自造形聲字，「炕」音義同「烘」。

【說來說去未一定　其中必定有「蹺」跂】

〈陳總殺媳報歌〉南洋三益書社宣統二年（1910）

「『蹺』跂」音/kʰiau¹kʰi¹/，作「蹺蹊」之表音字，自造會意字。

6. 外來語

【阿君不是「海加啦送」　小妹不是好額人

是加是減着罔送　阮厝也有序大人】廖漢臣1948

「海加啦送」/ hai kat la saŋ / ，日語外來語音譯，意思是穿著體面，留西裝頭之時髦人物。

【未律一人四五支　大家坐落笑微微】〈新刊過番歌〉

「未律」英語beer，「麥仔酒」之閩南語音譯。

【房間赶謹來整理　差人去買「勿蘭池」】〈最新十二碗菜歌〉

「勿蘭池」英語外來語，「brandy」。

【朋友相招真合齊　做陣來去カフエ】〈運河奇案歌〉瑞成書局

「カフエ」，「café」日語外來語「咖啡店」。

【汝真不曉通呆勢　總統共人箭皇帝

「高卑」蛤人箭藥茶　無到箭絞變恰加】〈最新相箭歌〉上海開文書局

「高卑」/$kɔ^1pi^1$/，「咖啡」表音字，閩南語音譯，通行於泉州、金門、南洋等地，台灣普通腔說/ka^1pi^1/。

【西米落閣未曉穿　紳士我敢假未成

三領献下穿倒炳　一條ネクタイ帶後平】〈乞食開藝旦歌〉竹林書局1971

「西米落」，セビロ，西裝。「ネクタイ」領帶，日語外來語。

7. 擬聲詞

【八月初七黃昏後　烏雲四起亂抄抄

雷彈霹靂「嘘咐哮」　狂風四起作報頭】〈八七水災可憐歌〉瑞成書局

「嘘咐哮」，擬聲詞，音應作/hi hu hau/，但「嘘」音/hi/，應是漳腔。

【朋山嶺後一欉匏　風吹匏葉「吼希夫」】〈新傳離某歌〉木刻板

「吼希夫」正與上句「嘘咐哮」，詞序相反，皆因押韻之故，但本句用

「希」字，表/hi/音，不具方言差。

8. 詞綴

8.1 動詞前綴AAB式

【抱一着　「強強卜」】〈新選笑談俗語歌〉

「強強卜」擬聲詞，動詞前綴AAB式。

8.2 形容詞後綴ABB式

【修整一身「金送送」　忘恩背義大臭人】〈最新揀茶歌〉1932

「金送送」擬聲詞，形容詞後綴ABB式。

【做伊臨　嶢腳坐　霜風天　「寒獗獗」】〈新選笑談俗語歌〉

「寒獗獗」擬聲詞，音/kuã^{5}k^{h}eʔ^{4}k^{h}eʔ^{4}/，形容詞後綴ABB式。

8.3 名詞後綴ABB式

【有人無睏恰半醒　忽然門口「水鄭鄭」】〈八七水災可憐歌〉瑞成書局

「水鄭鄭」擬聲詞，名詞後綴ABB式。

8.4 形容詞AABB式

【父母生我不成樣　「貓貓昵昵」成番姜】〈最新覽爛歌〉廈門傳文堂

「貓貓昵昵」/niaũ niaũ nĩ nĩ/，生成貓貓如「番薑」之面像。

【各人着顧咱本身　「瞞瞞騙騙」城何因】〈最新工場歌〉廈門石印

9. 三疊音詞

「乾乾乾」

【叫伊豬着飼較飽　買主來看都無差

劉全菜中扣着肉　一桶飼到乾乾乾】〈張玉姑靈應歌〉伸港鄉溪州底

「蘇蘇蘇」

【出門親像老查某　格甲一身蘇蘇蘇】〈改良修身歌〉1929

「扁扁扁」

【賣幾錢　賣三個錢　糴紅米　搓紅圓

食飽飽爬上西天　跌落來扁扁扁】（彰化花壇）廖漢臣〈彰化縣之歌謠〉1960

「省省省」

【稿代算侬省省省　因為朋友下感情】

〈新版　武家坡　王寶川採桑　no.1〉梁松林編作

「暢暢暢」

【無看相打靴年雄　瓦去塊看暢暢暢】〈青冥看花燈新歌〉1933

「獻獻獻」

【第一親像刣包魚　刣開二平獻獻獻】〈最新花柳纏身歌〉1933

「搭搭搭」

【臍帶縛甲搭搭搭　呆命生著石磨腳】〈新歌李三娘〉1955

「紅紅紅」

【明天就卜落下港　目科氣加紅紅紅】〈改良敕桃歌〉1929

「爛爛爛」

【豬心就來剮　大的有若大　大的米管大　細的有若細　細的豆粒細
大的血水猶未散　細的烏烏變火炭　鴨母卵共滾水落　滾屆爛爛爛】
彰化花壇廖漢臣〈彰化縣之歌謠〉1960

「順順順」

【編歌玉姑有允准　連拔三杯順順順
和恁來唸不愛睏　賣輸恁去看新聞】〈張玉姑靈應歌〉伸港鄉溪州底

「右右右」

【大家喝拳直食酒　食酒食到右右右】〈輕遊新歌〉1932

「合合合」

【南部坐車到漳（彰）化　再乘客運亦無差
坐到溪底合合合　再行閣無三步腳】〈張玉姑靈應歌〉伸港鄉溪州底

「月月月」

【衣食事　無欠缺　恁官人　月月月】〈新選笑談俗語歌〉1841

10. 合音詞

「省」

【我未閣再共汝問　未知「省」把南天門】邱清壽〈天文地理歌〉內湖庄1930

「省」，音/siaŋ^{2}/，或/saŋ^{2}/，為「啥人」之合音字，/siaŋ^{2}/</siã^{2}laŋ^{5}/。或寫作「仕」。

「仕」

【連珠火炮彈三聲　兩軍對陣就報名
刺看「仕」卜無生命　千軍萬馬都不京】
〈武家坡　復國斬魏虎no.5〉梁松林編作

「齊」

【二更眠夢真親像　夢娘眠床困仝張

我「齊」答影爬起想　床前床後摸無娘】台北周協隆〈新編包食穿歌〉1932

「齊」，音/tse⁵/，「一下」之合音字，讀輕聲。

/tse⁵/＜/tsit⁸e⁷/。

「這」

【孟宗目屎什什滴　忽然塗地裂一裂

斟足「這」看即歡喜　筍浮塗面四五枝】梁松林〈特編貧人出孝子勸改新歌〉

「這」，「一下」合音詞，讀輕聲，/tse⁷/＜/tsit⁸e⁷/。

「奉」

【娘仔「奉」包真不好　提無錢銀殺出刀

變面敢刣大無柏　有時汝衛流紅膏】台北周協隆〈新編包食穿歌〉1932

「奉」，「與人」之合音詞，音/hɔŋ⁷/＜/hɔ⁷laŋ⁵/。

「皆」

【午後三點返新港　歡送計達幾萬人

善難信女塊「皆」送　附近強卜總動員】〈張玉姑靈應歌〉

「皆」，「共伊」之合音詞，/kai¹/＜/ka⁷i¹/。

「共」

【真白肉小粒只　玻璃襪金薛薛　甜茶那捧來　咱着緊「共」接】

〈食新娘茶講四句歌〉竹林書局1958

「共」，「共人」合音詞，/kaŋ⁷＜ka⁷laŋ⁵/。

「障」

【障調啄　衣食事　無欠缺　恁官人　月月月】〈新選笑談俗語歌〉

「障」，/ tsiũ² /＜/tsi²iũ¹/ 泉腔合音詞「只樣」。

「不用」

【不用坐】〈新選笑談俗語歌〉

「不用」：/ bɔŋ^{35} /<m^{7}ɔŋ^{7}/ 泉腔合音詞，意思是「不免」。

「向」

【向碼螺　三飡食】〈新選笑談俗語歌〉

「向」：/hiũ^{3} /<hɯ^{2} iũ^{7}/ 泉腔合音詞，意思是「許樣」。

11. 反序詞

【姚家共尔乜親儀　尔卜「細詳」探聽伊】

〈最新大舜坐天歌〉下本宣統二年（1910）

「細詳」，華語「詳細」之反序詞。

【娘子講話障潑皮　「蹺蹊」言語我遲疑】〈潘必正陳妙常情詩〉木刻板

「蹺蹊」，/k^{h}iau^{1}k^{h}i^{1}/，華語「蹊蹺」之反序詞，意同。

【娘子生水甲齊種「整」　害哥心肝吊時鐘】〈最新打播台相褒歌〉1932

齊種「整」，華語「整齊」之反序詞。

【「身腰」咱也賣太算　也賣太格靴十全】〈新編棍門棍歌上〉1936

「身腰」，華語「腰身」之反序詞。

【來叫「探貞（偵）」來力伊】〈新編棍門棍歌下〉1936

「探貞（偵）」，華語「偵探」之反序詞。

【來往交通用船隻　台灣亦無自動車
　貨物「運搬」真懊寄　起水苦力塊趁食】〈台灣舊風景新歌〉「大稻埕腔」

「運搬」，反序詞，華語「搬運」。

【人若害人難得死　大水害人是一時

　双人都免欠柴米　不幸失事真「怪奇」】林文筆〈無情的大水〉1959

「怪奇」，華語「奇怪」之反序詞。

【做人子兒著孝順　報答養育父母恩

　那有趁錢著「札準」　娶某生子通傳孫】施木火〈勸世教子歌〉1959

「札準」/tsat⁴tsun²/，作「節樽」表音字，「樽節」之反序詞。

【「咒咀」不食花柳飯　不勉（免）免（歸）冥坐甲光

　甘愿嫁尪食二當（頓）　不勉（免）準狗共故（顧）門】

台北陳清波〈勸世煙花女自嘆寓飄新歌上下〉1932

「咒咀」，華語「咀咒」之反序詞。

【新娘品倖（行）我相信　生子朗兮做大臣

　「順孝」女德一方面　入門對人加倍親】

〈食新娘茶講四句歌〉竹林書局1958

【「順孝」父母恰有影　能得當兵是好名】

許水龍〈最新新兵入營新歌〉清水

「順孝」，華語「孝順」反序詞。

【廣甲珍珍共有味　嘴開看汝「那喉痴」】宋阿食〈鴛鴦水鴨相逢歌〉1932

「那喉痴」，/na⁷au⁵tsʰi¹/，喉結。「那喉」，「嚨喉」也。華語「喉嚨」反序詞。

【步頻阮野無親尪　京汝「氣嫌」阮一人】宋阿食〈鴛鴦水鴨相逢歌〉1932

「氣嫌」作「棄嫌」表音字，華語「嫌棄」反序詞。

【念歌親象禮「講演」　不是小弟禮練先】許水龍〈最新新兵入營新歌〉清水

「講演」，華語「演講」反序詞。

【能作軍兵袂「咸萬」　去到戰場袂為難】清水許水龍〈最新新兵入營新歌〉

「咸萬」，音/ham^{5}ban^{7}/，作「預顢」表音字，華語「顢預」反序詞。

12. 台日混血詞

【阿娘那是愛「皿送」　現時流行剪頭鬃】〈新編棍門棍歌上下〉1936

「皿送」，應作「丿送」，台日混血詞，台語「丿」加日語「サン」

「丿送」，音/p^{h}iat^{4}saŋ^{3}/，穿著時髦之人士。

【听娘汝廣卜嫁尪　無我共汝做媒人

阮靴一个真「丿送」　形體共我卜燒仝】

台北陳清波〈勸世煙花女自嘆寓飄新歌上下〉1932

13. 俗語

【汝咱真久無相見　打算敢有二三年

「扁人下員員下扁」　人我即擺得着錢】〈最新僥倖錢歌〉

「扁人下員員下扁」，俗語套用。

【不勉（免）乎娘汝白送　恰無也着工換工

那準一人出一項　簡仔補被換挨籠】

台北陳清波〈勸世煙花女自嘆寓飄新歌上下〉1932

俗語「一人出一項　補被換挨籠」。

【牛就快牽人奧料　無福趁錢居賣朝】

陳清波〈最新勸世了解歌〉周協隆書店1935

俗語「牛快牽人奧料」。

14. 華語

【太白看見就喊伊　大罵眾妖恰不是

　此人狀元雙名字　「不許你們」來警（驚）伊】

〈最新文武狀元　陳白筆新歌上、下〉廈門會文堂書莊宣統三年（1911）

「不許你們」華語，非閩南語！

【福建全然無親儀　「你們究竟」乜名字】

〈最新月台夢上、下〉新學書社發行宣統三年（1911）石印

「你們究竟」華語，非閩南語。

【馮興大怒就罵伊　「刦你老子要」送死】〈最新月台夢上、下〉

「刦你老子要」送死，華語，非閩南語。

【勤讀詩書早得志　莫學「頑疲」不好人】

〈新刊斷機教子商輅歌〉宣統己酉年（1909）

「頑疲」，非閩南語。

【「連忙」伸手扭出來　大罵偷食臭奴才】〈最新玉堂春廟會歌〉上本

「連忙」非閩南語。

五　歌仔冊之押韻形式

歌仔冊通常帶有韻文形式，無論其字數是三字一句，四字、五字、七字一句，是句句押韻，一韻到底，或每聯四句，四句皆押韻，或第一、二、四句押韻，或隔句押韻，凡此種種押韻形式，皆取決於歌仔冊記錄者，並無強制規定。

◆韻腳亦是如此，但大體上可歸納六條規則：

1. 舒聲韻及帶有聲調性質之「束喉/ʔ/」入聲韻可通押，如「/i/＝iʔ/」。
2. 半鼻音與元音通押，如「/ã/＝/a/」。
3. 複元音及單元音，即使韻尾相同，亦以不通押為「常例」，通押為「特例」，如「ue ≠ e」。
4. 帶介音及不帶介音之音節，以不通押為「常例」，通押為「特例」，如「iau ≠ au」。
5. 輔音韻尾m、n、ŋ彼此間以不通押為「常例」，以通押為「特例」，如「am ≠ an，am ≠ aŋ，an ≠ aŋ」。
6. 主要元音相同，但韻尾不同者如「ue ≠ ui」，不能通押。

六　歌仔冊方言及次方言定位法

（一）特殊定位法概說

1. 字音因襲衍生

歌仔冊在傳承過程中往往會有「字詞」因襲現象，一部分「因襲」無關「語言定位」，如「因端」、「知機」、「說透流」等「傳統用詞」。

另一種「因襲」則是本身即是「語言風格詞」，或本身即帶有「方言屬性」，此時被因襲之字詞將無法反映其「方言屬性」，類此現象使「定腔詞」因而虛化致類似「表意漢字」之屬性，遂形成「字音因襲衍生」，其中又以泉腔字音，「因襲」現象特別顯著。

2. 漳泉音衍生字

早期歌仔冊本以泉腔為主，故「泉腔方音專用字」，因常見習用，日久而成「約定俗字」。以致後來漳腔作者不顧漳泉方音差異，逕為沿襲引用，遂形成「漳泉音衍生字」。所謂「漳泉音衍生字」：即是「某字音作表音字用時，原本僅能是漳音或泉音專屬，用以表漳音或泉音兩者其中之一音，因為『因襲現象』，進而『衍生方言字音』，形成漳泉『異音共用字』」。

類此「襲用字」在歌仔冊已經形成一批慣用例。此現象可說是歌仔冊經久長發展而產生「用字脫離固有漢文系統」轉而以本土語言為依歸，形成漢字本土化之結果，有如漢字日本化、韓國化、越南化，或如拉丁文之歐美化，中古梵文音譯字之漢化，甚至如漢字廣東語化之情形一般。

以下就「漳泉音衍生字」，選五組，略作規律敷衍：

2.0

「科/箍」，「巢/樵」，「罩/鬥」，「圭/雞」，「禮/詈」

	tua^{7}k^{h}ɔ^1	tsau^{5}lai^5/ tsiau^{5}lai^5	kue^{1}baʔ^4/ ke^{1}baʔ^4	tau^3/ta^3	lue^2/le^2
漳	大箍	樵來	圭肉	罩	詈（禮）
泉	大科	巢來	雞肉	罩	詈（禮）

2.1

以「大科」/tua^{7}k^{h}ɔ^1/，代「大箍」，是「泉腔定韻詞」。蓋「科」，泉腔有/ɔ/，/o、ə、e/，文白讀共四個音，/e/音是晉江，及部分同安腔如：大稻埕、大龍峒、士林後港墘、葫蘆堵、三重埔、新莊等地腔口。其餘三個音分屬「高/刀/科」三韻，取文讀音/ɔ/讀「科＝箍」，自無疑義。

漳腔「科」，有文白兩讀/o/、/ue/，不可能讀/ɔ/，當然不可以「科」表音「箍」。

2.2

「巢來」/tsau^{5}lai^5/，代「齊來，通通來」等，是「泉腔定韻詞」。

蓋「巢」字，無論漳泉皆音/tsau^5/，漳腔自應以「樵」表音/tsiau^5/，以「樵來」，表音/tsiau^{5}lai^5/。

2.3

「罩」，泉音/tau^3/，漳音/ta^3/，通常作「虻罩（蚊帳）」或「日罩（中午）」，「罩相共（幫忙）」之表音字。

「虻罩」，泉音/baŋ^{2}tau^3/，表音字「罩」，合適。漳音/baŋ^{2}ta^3/，亦合適。故作「虻罩」表音字時，漳泉皆可用。

作「日罩」用時，因此詞漳泉皆音/ dzit^8（lit^8）tau^3/，所以本詞「罩」字，漳音不可用，應以「鬥」或其他漳腔可讀/tau^3/之字以代之。

「罩相共」/tau^{3}sã^{1}kaŋ^{7}/，若以漳腔來讀，應是/ta^{3}sã^{1}kaŋ^{7}/，根本不可能有此一語詞，所以「罩相共」，漳腔不適用。

2.4

而「圭」訓「雞」音/ke/，早期歌仔冊極常用以表泉音/kue/，但應以之表漳腔較合適，理由如下：

「圭」，泉音僅有/kui/、/ke/，兩讀，自不可以「圭」表音「雞」/kəe、kue/，之所以用「圭」字，極可能是取「街」字中間字形省筆，但「圭」及「街」，泉腔白讀音不同，不可混用。

2.5

「禮/詈」，歌仔冊常以「禮」，作「罵」之表音字用，「禮」無論漳泉皆音/le^{2}/，以漳腔而論，「禮」及「詈」互訓，音/le^{2}/，不成問題。但泉腔「詈」音/lue^{2}/，不適用「禮」字表音，但因「字音因襲」，而衍生/lue^{2}/音，其變化規則是：「禮」＜「詈」＝/lue^{2}/。

《暢所欲言》則以「詸」表音/lue^{2}/，可謂妥當，因「詸」泉音/lue^{2}/，廈音及漳音/lui^{2}/，不致混淆。如例：

【死翁者「詸」汝、死某者罵汝、第一失德】

泉州楊介人〈吾道窮〉《暢所欲言》戊申1908

《分類注釋泉州諺語選》許龍宣　1986亦以「詸」表音/lue^{2}/如：

【「詸」仔棺材無坎蓋】

譏婦人以粗話罵人。

所以如確定「禮」作「罵」解，且可證明其屬泉腔，則應讀/lue^{2}/，不應讀/le^{2}/，下例可資證明：

「禮」/lue^{2}/

【賢弟汝真查某体　倒位提人這腳鞋

檢彩尋無下奉「禮」　蛤汝做陣罵卜衰】〈三伯英台遊西湖歌二〉捷發漢書部

本句定韻字「衰」，杯韻，/ue/，定腔字「体/鞋/禮」，音/lue²/。

「禮」/lue²/
【藝旦听著只句話　今日簡下者年衰
那哭那啼坐塊「禮」　菜瓜損狗去一哇】〈乞食開藝旦歌〉竹林印書局

定韻字「話/衰/哇」，杯韻，/ue/，定腔字「禮」，音/lue²/。

有時甚且泉腔本身亦發生表音字混淆，以致有「元音轉換現象」。

如「蝴蝶」，通常寫作「尾蝶」音/bə²iaʔ⁸/、/be²iaʔ⁸/、/bue²iaʔ⁸/，漳泉皆可通用，並無疑義。但時而以「螞蝶[8]」代替，然「螞」字，讀/be²/，不音/bə²/、/bue²/，此時「識者」就會自動將不同音字，當同音字唸，以避免「訛音」。所以在作「語言定位」時，應參酌其他「語言形式」，不可單憑少數音例作判斷。

（二）規則定位法概說

規則定位至今共發現七種：

1.「韻腳字」定韻法

是最普遍，運用最廣之定韻法，先確定歌仔冊之韻腳字，以不具方言差者為韻腳字。此法可斷定方言差或文白差。

(1)【我無像汝即野漢　酒杯共人箭酒矸
除夕蛤人箭元旦　鐵枝強共箭「鐵釘」】〈最新相箭歌〉上海開文書局

定韻字「漢/矸/旦」丹韻/an/，定腔字「釘」，/tan¹/，泉腔。

(2)【七碗出來是燒豬　中央一盤紅燒魚
列位朋友請起箸　燒豬食了通食魚】〈最新十二碗菜歌〉

8 如南管指套〈移步遊賞〉「花那卜無『螞蝶』」。

如例(1)「漢/矸/旦」三字無方言差，所以「漢/矸/旦」是「定韻字」。再確定定韻字之音值/an/，韻目屬丹韻。因此確定「釘」字音/tan[1]/，就是「定腔字」。

但是「韻腳字定韻法」如逢四個韻腳字皆無方言差，如例(2)「豬/魚/箸/魚」，任何方言四字皆可入韻，則無法分辨其「方言屬性」。

此時就可配合應用「非韻腳字定韻法」，此法有以下六種：

2.「聲調」定韻法

「韻腳字定韻法」，依據韻母。而「聲調」定韻法，則依據方音聲調之特性，藉以辨別其方言屬性。

漳泉聲調之差異，在於本變調之「調值」。

而「歌仔冊能以漢字表達此差異者」，經筆者觀察，歸納出三項：

(1)陽平變調識別：漳腔變中平調，泉腔變低調。

(2)陰陽去本變調識別：漳腔分明，三邑泉腔本調混淆，但變調有別。

(3)陽入調識別：以「升調字」代表陽入本調者，斷定屬三邑泉腔。

如下例即引用下文p.81(三)1.2以辨識漳腔

【第一殿真（秦）廣王】嘉義葉鍵得、陳幸信〈曾二娘歌詩〉

「漳腔陰陽平聲調訓用」，「真」同「秦」。

「真」55＞33

「秦」13＞33

陰陽平變調相同，陰平「真」字，訓用陽平「秦」字，漳腔。

3.「聲母」定韻法

此法有其侷限性，因漳泉以韻母差異最大，而以聲母差異最小，故在歌仔冊用字中，能以聲母辨腔者，其例不多，但亦有發現幾個樣品可供參考，故亦應列為定腔之一法。

如下例以聲母之柳入判斷漳泉即是。

【時代市區真荒廢　彎街越巷路真窄

亦無市場通買賣　第一鬧「烈」中南街】〈台灣舊風景新歌〉

以「烈」/liat/，代「熱」/dziat/，「聲母『柳』『日』不分」，泉腔。

4.「熟語」定韻法

藉熟語或慣用語，以資斷定韻屬，有時可辨別腔口。

下句「方」及「門」，雖有韻腳/ŋ/，但不足以作方言識別，然其中有一句熟語「瓜腳」，即可斷定方言歸屬。

【香港「瓜腳」几眠方　再整起身到廈門】〈新刊過番歌〉

「瓜」腳，音/kua[1]/，作「歇」腳解。泉腔。本字可能是「過」，果合一通常可有白音/ua[1]/，如「犄」字。

5.「直音」定韻法

以漢字直讀本音，不必有韻腳，就可斷定其方言歸屬。如：輕「双」，是輕「鬆」之表音字，「双」＝「鬆」音/saŋ[1]/，泉腔。

「双」字，音/saŋ[1]/，自然是泉腔。若漳廈腔則「双」音/siaŋ[1]/，「双」若讀/siaŋ[1]/，則不能與「鬆/saŋ[1]/」同音。如下例：

【姚公折葯有几項　煎好食了無「輕双」】

〈最新大舜耕田歌〉宣統二年（1910）

6.「語言風格詞」定韻法

字詞不一定在韻腳，但以其具有「方言屬性」，可用以區分腔口者。如

「障說」、「向生」、「拙時」等泉腔「語言風格詞」。

或「東時」、「破豆/$p^ho^3tau^7$/（開講）」等漳腔「語言風格詞」，或「是誰/tsi^7tsui^7/」等廈門語言風格詞。

又如「白目」可以斷定是嘉義以南之腔口，特別是高雄、屏東。

7.「文白讀音」定韻法

若將漳泉文白音做比較，大體而言；漳腔白讀音不甚發達，往往文白同音，而泉腔則文白分明，白讀音自成體系。

如以最簡單之「花」字為例，漳腔僅有一音即 /hua/，文白同音。泉腔則文讀 /hua/，白讀 /hue/。「掛」字，漳腔僅有一音/kua/，文白一致，泉腔則文讀 /kua/，白讀 /kui/，截然有別。

因此，以「文白讀音」做「識別符號」，視「文白讀音」之有無，或歧義，可斷定方言腔口，以下分文白讀各舉一例以明之。

7.1 文讀

如下例韻腳字：「看/山」不能斷定方言腔，但「和」字，作「給予」解，只有泉腔文讀音方能讀/$hɔ^5$/，漳腔僅能讀/ho^5/，故「泉腔文讀音」是「定腔音」，「和」是「定腔字」。

「和」＝「與」

【這款模範「和」恁看　三條陰魂歸陰山】林文筆〈無情的大水〉1959

「和」作「與」之表音字，音/$hɔ^5$/，泉腔。

7.2 白讀

下例韻腳字「算/門」不能斷定方言腔，然「担」字，作「誕」之表音字，作「錯誤」解，是閩南三邑泉腔特有說法，台灣不聞。

「担」或「誕」，皆是文讀/tan/，白讀/tã/。所以「担」字白讀，不僅可分別漳泉，且可區別閩台。

【契兄死了再打算　新交契兄打「担」門】〈最新修成正果歌〉廈門會文堂

以「担」訓「誕」音/tã^{21}/，是三邑泉腔，台灣話通常說「重○」，/tiŋ^{5}tã^{5}/。

（三）台閩語方言定位實例

1. 漳腔

1.1 漳腔韻母定位

【……大肚七仔，生出世，臭頭兼爛耳，阮娘爸，看我不成物，將我擲治大路邊，阮母舅，看我地無捨世，給我搖搖擺擺抱去漬（外；是鹽漬還是漬給？）是抱去飼，……】陳建銘〈竹篙趓，陳三五娘〉[9]

以「漬」做「豉」/ sĩ^{7} / 之訓讀音，與「飼」形成雙關語。博君一笑。

以「給」做「鮭」/ ke^{5} / 之訓讀音，故「漬」音/ sĩ^{7} /，訓讀音。

「給」音/ ke^{5} /，漳腔訓讀音。

【一隻小船相爭扒　一邱滷田相爭犁
阿娘契兄歸大把　看到咱這黃酸客】林清月〈民間歌謠研究〉

定韻字：「扒/把/客」西韻 /e/，定腔字：「犁」漳腔。

【朋友聽我來講起　聽念一本好歌書
就是明朝兮大志　姓曾大官二女兒】嘉義葉鍵得[10]、陳幸信〈曾二娘歌詩〉

定韻字：「起/志/兒」基韻 /i/，定腔字：「書」嘉義漳腔。

---

[9] 陳建銘，《野台鑼鼓》，台北：稻鄉出版社，1989。

[10]〈曾二娘歌詩〉葉三元（葉鍵得叔公）抄錄，嘉義：葉鍵得、陳幸信合訂，中國佛教 革新第十三號，1979。

【陽間拐人在室女　喜（戲）弄節婦不合宜
　算來弟（第）一呆代志　正著三殿攬鉄枝】
嘉義葉鍵得、陳幸信〈曾二娘歌詩〉

定韻字：「宜/志/枝」基韻 /i/，定腔字：「女」嘉義漳腔。

【曾家公婆真歡喜　土地相辭就反去
　入內即問伊孫兒　因何能得回家祈】嘉義葉鍵得、陳幸信〈曾二娘歌詩〉

定韻字：「喜/兒/祈」基韻 /i/，定腔字：「去」嘉義漳腔。

【竹仔枝　梅仔子　做人媳婦識道理　晏晏睏　早早起
　起來梳頭抹粉點胭脂　入大廳　拭桌椅　入灶間　洗碗箸】
　廖漢臣〈彰化縣之歌謠〉1960

定韻字：「枝/子/理/起/脂/椅」基韻 /i/，定腔字：「箸」彰化漳腔。

【石榴笑微微　食兄兄生氣　食嫂嫂唸茹　食父食母無了時】
　廖漢臣〈彰化縣之歌謠〉1960

定韻字：「/微/氣/時」基韻 /i/，定腔字：「茹」彰化漳腔。

【做去好　也無累父　也無累「母」　累著厝邊的兄嫂】
　廖漢臣〈彰化縣之歌謠〉1960

定韻字：「/好/嫂」刀韻 /o/，定腔字：「母」/bo/，彰化漳腔。
「母」字，音/o/，亦可能是同安腔之一種，如台北市士林後港里。
但因作者廖漢臣是在花壇實際採集記錄，故可確定是漳腔。

【九月算來厚葡萄　娘仔病子心焦燥
　哥仔問娘愛食乜　愛食老酒朕鴨「母」】〈十二月病子歌〉

定韻字：「萄/燥」刀韻 /o/，定腔字：「母」漳腔。

【亦有校（後）生下老父　亦有心婦下乾家
　歸路大大甲細細　強無立錐的餘地】〈張玉姑靈應歌〉

定韻字：「父/家」，西韻 /e /。定腔字：「細/地」漳腔。

【玉姑要返無講說　管理委員憑拔杯
　要對龍井街先過　經由沙鹿去返回】〈張玉姑靈應歌〉

定韻字：「杯/回」，杯韻 /ue / 。定腔字：「說/過」漳腔。

【搖呀搖　來挽茄　挽若干（濟）　挽一飯籮　也有可食　也有可賣
　也好嬰兒做度祭】張李德和〈嘉義童謠匯輯〉《台灣風物》15卷3.1965

定韻字：「祭」，西韻 /e /。定腔字：「濟/籮/賣」嘉義漳腔。

【杏仁茶　杏仁茶　警察掠去警察衙　雙腳跪齊齊
　大人阿　我後擺不敢賣】張李德和〈嘉義童謠匯輯〉15卷3.1965

定韻字：「茶/衙」，西韻 /e /。定腔字：「齊/賣」漳腔。

【且恁老伯正兄弟　靜聽卜念好歌詩
　金姑做人好節女　阮即甲邊落歌書】〈金姑趕羊歌〉上本新竹竹林書局1971

定韻字：「弟/詩」，基韻 /i /。定腔字：「女/書」漳腔。

【卜帶我者愛炳變　免講人情恰大天
　叫汝飼羊都不去　汝卜孝孤那有物】〈金姑趕羊歌〉中本新竹竹林書局1971

「漳腔」定韻字：「變/天」，基韻/ i /。定腔字：「去/物」漳腔。

【羊仔觸著牛　牛仔嗎嗎哮　羊仔觸著狗　狗狺狺吠
　請您田頭家來食飯】廖漢臣〈彰化縣之歌謠〉1960

定韻字：「吠」，飛韻 /ui/ ，定腔字：「飯 /uĩ/」漳腔「褌」韻。
採集地彰化市，可知彰化市亦有如宜蘭之「飯 /uĩ/」。

1.2 漳腔聲調定位

【論起只罪加一等　從（終）身加伊訂（釘）鐵釘】
　嘉義葉鍵得、陳幸信〈曾二娘歌詩〉

「漳腔陰陽平聲調訓用」：

「從」＝「終」

「從」13＞33

「終」55＞33

陰陽平變調相同，陽平「從」字，訓用陰平「終」字，漳腔。

【閣再問汝「一增代」　未知省人去把西】邱清壽〈天文地理歌〉內湖庄1930

「一增代」，/tsit⁸tsan¹tai⁷/，作「一層事」之表音字，「層」＞「增」陰陽平變調同為中平調，漳腔。

1.3 漳浦腔

【啥人喝　啞口的喝　啥人掠　瘸手的掠　啥人「跡」　跛腳的跡】

李獻章〈記一首在彰化採集之民謠〉《台灣民間文學集》1978

以「跡」為追逐之表音字，「跡」字有文音 /tsiek/，白音/tsiaʔ/、/jiaʔ/，三音，兩個白音與「逐」無關，僅/tsiek/，與漳浦音 /jiek/ 相近，故可確定「跡」表音/jiek/，彰浦腔。

2. 泉腔

2.1 泉腔韻母定位

【阿君的厝帶草地　阿娘帶在台北街

要緊代志叫電話　秘密代志創風批】林清月〈民間歌謠研究〉

「泉腔」定韻字：「話」杯韻 /ue/ ，定腔字：「地/街/批」。

【中部坐車到龍井　行十外分到溪邊

現在溪水無外鄭　卜過竹排小可錢】〈張玉姑靈應歌〉

「泉腔」定韻字：「井/邊/錢」青韻 / ĩ /，定腔字：「鄭」。

【彰化客運會計畫　要派班車幾若批
彰化直接到溪底　生份坐車恰不花】〈張玉姑靈應歌〉

「泉腔」定韻字：「畫」杯韻 /ue /，定腔字：「批/底/花」。

「底」，雞韻 / əe/，「批」杯韻 /ue /泉腔。

此處杯韻及雞韻可通押，顯示出一種泉邑央元音/ ə /獨用，不與其他元音或輔音結合之特徵，以台灣來說已確定排除「安溪腔」，以地緣而論正符合伸港口音。

【若無伊身來就阮　想我性命總無允】〈金姑趕羊歌〉廈門文德堂1917

「韻腳互聯韻」互為韻腳字及定腔字。

「泉腔」韻腳字：「阮/允」，春韻 / un / ，定腔字：「允/阮」。

【羔羊失落不敢返　金花無食半項物
甘願喝水食過噹　山頂不敢困甲光】〈金姑趕羊歌〉下本新竹竹林書局1971

「泉腔」韻腳字：「噹/光」，毛韻 /ŋ /，定腔字：「返/物」。

【直潭曲尺廣興庄　那有只娘生成物
面皮白白找人影　腳下弓鞋三寸長】陳建銘手抄〈廖樹黃好僥雄歌詩〉1988

「泉腔」韻腳定：「庄」，毛韻 / ŋ /，定腔字：「物/影/長」。

【想卜打開有功勞　無宜錫口成平埔】〈台省民主歌〉

「泉腔」韻腳字：「埔」，高韻 /ɔ /，定腔字：「勞」。

【雨傘開花員乳乳　擇高擇低顧娘身】〈最新百樣花歌〉

韻腳字：「身」，賓韻 /in /，定腔字：「乳」音/lin/，泉腔。

【海棠開花蝶愛採　娘介未大卜做呆
胸前二粒也未「亥」　起風落雨尒就知】〈最新百樣花歌〉

「亥」，音/hai^1/，路闊曰「亥」，物大亦稱「亥」，泉腔詞，不必韻腳亦能確定。從台北至金門、澎湖皆然。

另舉一例以為佐證：

【泪屎流着幾船再（載）　虱母一隻二隻「咳」】〈最新王塗歌〉廈門會文堂

【三月思想是清明　頭家叫我田上行】〈長工歌〉

「泉腔」韻腳字：「行」，京韻 /iã /，定腔字：「明」。

「清明」/ts^{h} ĩ^{1}miã^{5}/，台北。或/ts^{h}uĩ^{1}miã^{5}/，鹿港。

【景（揀）茶現趁錢現宅　好飼乾官共乾家

也好飼母共飼父　免苦頭嘴「隻罪牙」】〈最新揀茶歌〉1932

「隻罪牙」，如此多個，「牙」訓「個」，讀音/ge^{5}/，泉腔。

【為汝洋樓我即買　銀票歸只由汝提

見著我面共我「禮」　塊汝一辦也卜衰】〈乞食開藝旦歌〉竹林書局1971

句中定韻字是「衰」，杯韻/ue/。定腔字是「買/提/禮」，「提」音/t^{h}ueʔ^{8}/，「禮」，作「詈」之表音字，泉腔，四個韻腳字皆是合口音。

【三十六播名双葉　金花貫打飛蝗石

娘你僥雄有計謀　看兄目第全無著】〈最新打播台相褒歌〉1932

定韻字「葉/石/著」燒韻/io/，定腔字「謀」，音/bio^{5}/，泉腔。

〈最新打播台相褒歌〉是鹿港腔。今鹿港「燒」，「鉤」韻通押。

【ワリバシ消毒箸　アカイモ紅蕃薯

鐵桶號做「バヶツ」　オキブタ大隻豬】〈新編國語白話歌〉1934

定韻字「バヶツ」，定腔字「箸/薯/豬」泉腔。

2.2 泉腔聲調定位

【在人心肝塊「餘算」　有錢個人恰寒宣】

陳清波〈最新勸世了解歌〉周協隆書店1935

「餘算」音/u^{5}suan^{3}/，或/ɯ^{5}suan^{3}/，作「預算」表音字，陽平變調低平調，泉腔。

【卜打成（城）內都「用意」可惜有兵無銃子】〈台省民主歌〉

「用意」/ioŋ^{7} i^{3}/，訓「容易」，以本調「用」代「容」，「陽平及陽去變調同為低平調」，調值屬泉腔型。

【海水打岸白絲絲　海邊石頭象（上）青苔

阿君心黑（烏）無情義　有身即來喝不「纏」】林清月〈民間歌謠研究〉

「三邑泉腔」，「陽入本調識別」定聲調字：不「纏」/tiʔ^{13}/，下入聲以陽平字代之，可推定屬升調，符合此一調值者屬三邑泉腔。

「非韻腳定韻詞」：「象青苔」同音字「象」字標明「上」字音/ts^{h}iũ/。

【免快死了袂曉倒　聽著「心火狼巢逃」

冤仇免擬共阮報　不通帶者相囉唆】〈武家坡　平貴回342　三集〉梁松林編作

「心火狼巢逃」/sim^{1}hə^{2}lɔŋ^{2}tsau^{5}toʔ^{8}/，心頭火起之意，「逃」音/toʔ^{13}/，升調，調值屬三邑泉腔下入聲，可見作者編歌其時，艋舺泉腔下入聲依然保持升調型。可與現今方言調查做比較，觀察其流變。

【喬先當堂去對只　林買黨人去搶伊】〈台省民主歌〉170

「三邑泉腔」，「陰去本調識別」韻腳詞：「對只」，基韻 / i /，定腔字：「只＝質」。

「按『對只』應作『對質』，『質』有入聲音/tsit^{4}/，用於『事物之本質』，如『物質』，有上去聲，用於『以言語責人』，或『以言語互駁』，如對質。本句屬後者。但何以上去聲唸『只』？那只有一解，即編歌者之調值上去聲讀『中降調』，符合此種調型者非三邑腔莫屬！故對『只』等於對『質』。」

【豬肝有人叫干花　一碗滿滿真正「最」

阿娘个人真賢廢　省人僥心著連回】〈最新十二碗菜歌〉

「無最」，以「最」訓「多」，上去聲混同下去聲，亦是三邑腔之特徵。「賢廢」為「閒慧」之表音字，「廢」上去聲，「慧」，下去，陰陽去混同，三邑腔。

2.3 泉腔聲母定位

【景（揀）茶現趁錢現宅　好飼乾官共乾家

也好飼母共飼父　免苦頭嘴「隻罪牙」】〈最新揀茶歌〉1932

聲母定韻字詞「隻罪牙」，如此多個，「牙」訓「個」，讀音/ge⁵/，泉腔。漳腔屬零聲母/e⁵/。

【我煎茶　我起火　我「崎」椅　請尒坐】〈新選笑談俗語歌〉

「泉腔」聲母定韻字詞：「崎椅」，「崎」嗟韻，今音 /ia /。

以「崎」/kia⁷/，訓「舉」音/kiaʔ⁸/，或「/kaʔ/、/kɯaʔ/」，「求」聲母。

漳、廈腔「語」聲母，/giaʔ/。

【做人疎財兼重義　家內大小真「細利」

現住外清蚶壳井　一間大厝出步起】

〈陳總殺媳報歌〉南洋三益書局石印宣統二年（1910）

「細利」代「細膩」，「日」母歸「柳」母，/dz/＞/ l /，廈門或泉腔。

「出步起」，傳統台灣或閩南式造厝法，即將簷前滴水部分往外延伸一步，使住家加多「一步」室外空間，「一步」約九尺。

【黔婁做官在南齊　知爹得病緊回家

跪塊稟問因老父　煞叫醫生來看「脉」】梁松林〈特編貧人出孝子勸改新歌〉

定韻字「齊/家/父」，西韻/e/，定腔字「脉」元音不鼻化，/beʔ⁸/，泉腔。

當然元音鼻化/bẽ⁸/、/meʔ⁸/，亦可通押，但以本句韻腳字推斷，應以西韻較合理。

因梁松林是艋舺人，故可斷定艋舺三邑腔「脉」音/beʔ⁸/。然據李順涼及洪宏元[11]於2004年所作之艋舺方言調查，「節脈」詞條，卻記為/tsat^{4}meh^{8}/，如果記音人所做調查記音確切可信，則今艋舺亦變為「漳泉混合腔」矣。

2.4 安溪腔

【楊桃開花成「欉柏」　遇著狂風吹一个

是卜是不照實說　免得乎哥恰別个】〈最新百樣花歌〉

「欉柏」作「松柏」之表音字，音 /tsaŋ^{5} peʔ^{4}/，泉腔。台北安溪腔亦然，屬「熟語」定韻詞。

閩南語「松」、「榕」，白字讀音不分，皆讀 / tsiŋ^{5}/，廈音。「松柏」，漳州音 /ts^{h}iŋ^{5}pe^{74}/。

2.5 同安腔

【七星墩尾罩茫霧　沙崙對面海墘厝　社仔出有冬瓜匏

可賣錢銀來富裕　百般新貨有可取　查某多歲有較輸

夥計不可交相久　會給人笑戇大豬】

金撰〈陽明山民謠〉《台灣風物雜誌》四卷三1954

「台北社仔同安腔」。

定韻字：「霧/厝/匏/取/輸/久」朱韻 /u /，定腔字：「裕/豬」。

「朱韻」、「居韻」不分，皆音 /u /，是眾多同安腔之一種，內文提及社仔，故可斷定是社仔同安腔。

【近來風俗「宰樣」歹　聽我新歌唱出來】

〈最新揀茶歌〉1932（作者自註同安腔）

「宰樣」作「怎樣」之表音字，「怎」音「宰」/tsaĩ^{2}/，或/tsai^{2}/，同安腔。

【姓石明明不是你　為着「宰樣」割杉裾】

---

[11] 見李順涼、洪宏元編著，《華台英詞彙句式對照集》，五南圖書出版股份有限公司2004.12。

〈武家坡　平貴回磘　三集〉梁松林編作

「宰樣」，/tsaĩ²iũ⁷/，作「怎樣」表音字，同安腔，可見當時艋舺已混雜同安腔口。

【「衛」討契兄按倒起　全頭說出恁知機

勸恁頭家作公道　「規久」發落不通無】〈最新揀茶歌〉1932

「衛」討契兄，「衛」訓「會」，音/ue⁷/，泉腔。

「規久」即「規矩」，「矩」音「久」/ku²/，「規久」，同安腔。

【煞買單條甲字「畫」八幅提來吊開開

也有花鳥甲山水　也有牡丹向日葵】

台北陳清波〈勸世煙花女自嘆寓飄新歌下〉1932

定韻字「開/水/葵」，飛韻/ui/，定腔字「畫」，音/ui⁷/，同安腔。

【一當無食腳手軟　無錢半步不出門

「威空」挖壁提去當　有煙歸冥燒甲光】

〈新編修身治家歌〉陳清波編輯台北周玉芳書店發行1932

「威空」，作「挖空/uiʔ⁴kʰaŋ¹/」表音字，「威」作「挖」/uiʔ⁴/，同安腔。

【食煙个人目空赤　變生變死想卜食

無錢家內着「威控」　一錢五厘無塊賖】

〈新編修身治家歌〉陳清波編輯台北周玉芳書店發行1932

「威控」/uiʔ⁴kʰaŋ³/，表示手指兩個動作「威」及「控」。

【卜解烏煙無為難　勸任着食死心丹

食咱个錢奉「著乍」　京身忍命幾那層】

〈新編修身治家歌〉陳清波編輯台北周玉芳書店發行1932

「著乍」，作「/tuʔ⁸lan⁷/」表音字，大稻埕同安腔。

2.6 南安腔

【卜做財副无才調　不去腹「枓」又卜飫】

〈新刊過番歌〉南安江湖客輯廈門會文堂

腹「枓」，是/ pak^4tio^2/之表音字，泉腔，南安腔。

詳見七、（二）方言調查與歌仔冊資料之歷時比較。

2.7 三邑腔

【親朋見說都亦是「乞」我來去二三年】〈新刊過番歌〉南安江湖客輯

「乞」我，是三邑泉腔語法。此種語法，台灣現代已不聞。

【好呆本是天注定　少年來去「不使」驚】〈新刊過番歌〉南安江湖客輯

「不使」驚，泉腔特殊詞。

【瑤桃開花仙山有　番船過海半沉浮
　未知娘仔「在值」厝　恰慘乎娘迷著符】

〈最新百樣花歌〉南安明月樓中醉客編

「『在值』厝」，泉腔特殊風格詞，南管常用。

因「在」及「值」兩字皆有用法爭議，暫時多音並列：

/$tsai^7tit^8$/、/$tsai^7tɯ^7$/，或/$tɯ^7tit^8$/。

「在值」厝，亦即厝「在值」？即「居所何在」，為叶韻腳而反轉詞序。

【輩寶光窗窗　無腳無手會剝人
　大人輸了哀哀苦　「簡仔」輸了扑地虎】〈最新番婆弄歌〉

「簡仔」，音/$kan_{35}na^{55}$/，小孩，三邑泉腔。

【無錢不比有錢人　人个有銀買「古董」】

〈最新番平歌全本〉宣統己酉年（1909）

定韻詞「人」音/$laŋ^5$/，江韻。「古董」，音/$kɔ_{35}taŋ^{55}$/，三邑泉腔。

3. 台灣漳泉混合腔

【阮厝都無大傢伙　鬮雞袂使趁鳳飛

會曉迌迌錢免多　著用海口佮嘴花】林清月〈民間歌謠研究〉

定韻字：「花」杯韻 /ue/，韻腳字「伙/飛/多」。「花/多」音 /ue/，泉音。「伙/飛」，音 /ue/，漳腔。本聯屬漳泉濫。

【土地婆　土地伯　默默聽吾說　說到今年五十八　好花來朝枝

好子來出世　亂彈布袋戲　紅龜三百二　鬮雞古五斤四】

廖漢臣〈彰化縣之歌謠〉1960

「漳泉混合腔」定韻字：「伯」西韻 /e/，定腔字：「說」泉腔，「八」漳腔。採集地彰化市。

【歸路善男甲信女　鐵馬車隊牌（排）兩邊

包車汽車撻鄭鄭　亦有老父抱後生】〈張玉姑靈應歌〉

「漳泉混合腔」定韻字：「邊」，青韻 / ĩ /。定腔字：「女 / i/」漳腔，「鄭，生 / ĩ /」泉腔。

4. 熟語定韻詞

4.1 泉腔

【紅綜力馬真感甲　度因主人卜回家

日行千里夜八百　馬不謄蹄無「跨腳」】

〈新版　武家坡　石平貴走三關　no.2〉梁松林編作

「跨腳」作「$kua^1k^ha^1$」表音字，「跨kua^1」，暫歇也，泉腔。

【卜剪薄燕做「蚊罩」　被頭紅色縐紗包

食用咬娘款甲到　殺買一對繡枕頭】

台北周協隆〈新編包食穿歌〉1932

定韻字「包/到/頭」，郊韻/au/，「蚊罩」/baŋ²tau³/，泉腔。

【瑞元一時起受氣　緊獅因某的「嘴邊」】林文筆〈無情的大水〉1959

「嘴邊」，/tsʰui³pĩ¹/，臉頰，泉腔，沙鹿腔。

【我帶厝內罔鬪鉗　最汝趁掛來相添

小可生理罔去變　身邊我有「獅腳」錢】〈最新僥倖錢歌〉會文堂發行

「獅腳」，作「私奇」之表音字，音/sai¹kʰa¹/，泉腔。

但閩南泉腔通常說/sɯ¹ kʰa¹/。

【用（央）無朋友通去問　冥日「煩好」刈心腸】〈最新王塗歌〉廈門會文堂

「煩好」，/huan⁵ho²/，泉腔，即「煩惱」。

今北投、淡水一帶同安腔亦將「煩惱」說成「煩好」。

【救命陰功天「補庇」　明年生來一小弟】〈溺女歌〉廈門會文堂

「補庇」作「保庇」之表音字，「保」音/pɔ²/，泉腔。

【帶咱家中不成人　被人說是不「種進」】

〈最新番平歌全本〉宣統己酉年（1909）

「種進」是「長進」表音字，「長」字，有多種音讀，故以「種」字表音。「種」音/tsiɔŋ²/，不音/tsiaŋ²/，泉腔。

【一個「委口」蓋趣味　香也甲人舉三枝

賣曉講說鴟鴟比　嘴仔笑到嘻嘻嘻】〈張玉姑靈應歌〉

「泉腔」非韻腳定韻字詞：「委口」，「委」莪韻 / ɔ̃ /。

此句「委口」若當 /e²kau²/解，則形音差別過大，/ui＞e/，

若做 / ɔ̃² kau² /，則「委」＞「倭」音洽形合。可能是記音者誤漏人字旁或以為「委」已足以代表「倭」字音讀。

【覽爛查某真「寒萬」　好物煮到臭鼎「山」】〈最新覽爛歌〉廈門傳文堂

「泉腔」。「寒萬」作「頇顢」之表音字，「萬」/ban/，丹韻。

「山」音/san/，正字不明，作「汙垢」解，「鼎山」者，「鼎垢」也。

【公主看了想愛笑　寶馬來追即个着

照批皆看正「苦惜」　做情乎伊回寒礚】

〈新版　武家坡　石平貴走三關　no.2〉梁松林編作

「苦惜」作「可惜」表音字，「可」音「苦」，泉腔。

4.2 漳腔

【只層錢戶轉去食　又卜「四計」去慘力（掠）】

邱清壽〈河山光復歌　頭集〉邱清壽書局發行1946

「四計」，/si³ke³/，四處也，漳腔。

【人無名聲算野治　有篇煞不識「辨宜」

做人愛着故「明意」　相呆名那臭蕃薯】

邱清壽〈河山光復歌　頭集〉邱清壽書局發行1946

「辨宜」，作「便宜」表音字。

「明意」，音/bin⁵i³/，作「名譽」表音字，「譽」音「意」，漳腔。

【日本無腳个「毛下」　加治降復（服）勉（免）冤家」】

邱清壽〈河山光復歌　二集〉

「毛下」，/mõ¹he⁷/，「螃蟹」表音字，漳腔。

5. 字音直讀定腔

直接以相同或相近之字音確定音值，或確定方音。

不必有韻腳定音。

5.1 漳腔

【陽間那好好未是　陰間省人兮（會）知機
地府閻王得知機　去掠大娘來能（凌）治】
嘉義葉鍵得、陳幸信〈曾二娘歌詩〉

「非韻腳定韻字」「兮」西韻 /e/，「兮」訓「會」字，漳腔。

「非韻腳定韻字」「能」字訓「凌」兩字同音 /liŋ/，「能」音 /liŋ/，漳腔。

泉腔「能」字屬生韻 /nŋ/。「凌」字屬卿韻。

【大娘過橋在橋邊　牛馬將軍義（壓）落去
陽間亡法你敢做　義（壓）落橋下詞（飼）白魚】
嘉義葉鍵得、陳幸信〈曾二娘歌詩〉

定韻字「邊」青韻 / ĩ /，定腔字：「去/魚」漳腔。

定聲母字「義」（壓）/ $dzi ʔ^{8}$/ ＞/gi^{7}/（義），顯示南部高雄、屏東一帶之漳腔，但本篇作者是嘉義，可見嘉義亦有/ $dzi ʔ^{8}$/ ＞/gi^{7}/之現象。另/gi^{7}/（義）是否可表示作者喉陽入/ʔ/消失，而為中平調舒聲取代？如宜蘭漳腔之情形？

5.2 泉腔

【編歌玉姑有允准　連拔三杯順順順
「和」恁來唸不愛睏　賣輸恁去看新聞】〈張玉姑靈應歌〉[12]

非韻腳字可確定腔調屬「泉腔」。

定腔字：「和」泉腔文讀/$hɔ^{5}$/，高韻 /ɔ/。蓋「和」字泉腔有文白兩讀，分屬「刀/高」韻，白讀 / ho^{5} /，此處應唸文讀。「和$hɔ^{5}$」字訓「與$hɔ^{7}$」本調不同，但變調一致屬低調11，屬泉腔聲調。

---

[12] 廖漢臣，〈彰化縣之歌謠〉，《台灣文獻》第11卷第3期，1960，（張玉姑廟位在彰化伸港鄉溪州底）※查照內文用字習慣，及參雜部分漳腔，疑〈張玉姑靈應歌〉曾經廖漢臣潤飾。

【人說面烏目又吐　又卜流鼻「嘴秋和」】〈最新王塗歌〉廈門會文堂

「嘴秋和」，作「嘴鬚鬍」之表音字，「和」音/hɔ⁵/，泉腔。

【大兄夢見的代志　說給里長伊知枝
　小妹省親返鄉裡　拜託里長「罩」設施】〈張玉姑靈應歌〉

「泉腔」非韻腳定韻字詞：「罩」郊韻 /au /，以「罩」訓「鬥/tau/」。「罩」泉音/tau/，如蚊罩、雞罩……等。

「罩」漳音/ta/，僅一個讀音，不聞有音/tau/者。在十五音屬「膠」韻。

【五月人爬船　流秋查某愛風流
　手「崎」雨傘對阮走　走路查某無收流】〈新傳桃花過渡歌〉1826

「泉腔」非韻腳定韻字詞：「崎」雨傘，「崎」嗟韻，今音 /ia /。以「崎」訓「舉」音/kiaʔ⁸/無疑。

【少年「子」死真胡徒　三更半夜來戲奴】〈潘必正陳妙常情詩〉木刻板

「『子』死」，是「『敢』死」，之表音字，「子」音「敢」/kã/，三韻，泉腔。

【亦有一對尪甲某　被水格「子」面烏烏】林文筆〈無情的大水〉1959

「子」作「甲」之表音字，音/kã²/＞/ka²/，兩字變調相同，元音鼻化之「子」/kã²/，與「甲」/kaʔ⁴/通押，泉腔。

作者林文筆是沙鹿人，故可斷定是沙鹿泉腔。

【有个勇敢縛真「歲」　有个驚痛虎咬雞
　行路腳骨能廣話　着是大腳假小蹄】〈台灣舊風景新歌〉「大稻埕腔」

「歲」作「細」之表音字，直音/sue³/，大稻埕同安腔。

【鳳冠銹襖還汝了　「認恨」相府帶袂條】

〈新版　武家坡　王寶川採桑　no.1〉梁松林編作

「認恨」，音/lin⁷hun⁷/，作「認份」表音字，「恨」音「份」/hun⁷/，泉腔。

5.3 普通腔

【寒天領巾上好看　出門「庵滾」者買寒】〈新編棍門棍歌上下〉1936

「庵滾」，代「頷頸」。

【煞廣咱是草地戇　有錢箸愧假「請黃」】〈新編棍門棍歌上下〉1936

「請黃」/$ts^hiŋ^3hɔŋ^5$/，愛現也。

6. 語言風格詞

前文已說過用「定韻字」或「定腔字」以確定方言屬性。

本節另外再提一種法度，不必有「定韻字」或「定腔字」亦可輕易確定其方言歸屬為何？如「語言風格」即可顯示其方言屬性。所謂「語言風格」即：以漢字標音之一種方言文體，其用詞造字處處皆能顯示其方言特徵，以別於它種方言者。

分述如下：

6.1 漳腔

「查埔」

【一个查某落下港　問著一个頂港人
　二个冤家株骨蜂　「查埔」不愿即想空】〈乞食開藝旦歌〉竹林書局1971

「查埔」，「查」音/tsa^1/，「查埔」/tsa^1 $pɔ^1$/，漳腔。

「木屐」

【廿二工場鑿「木屐」　一日限定鑿六腳】〈最新工場歌〉

「木屐」漳腔語言風格詞。

「老」

【聽汝念歌好句豆　下方出來四過「老」】宋阿食〈鴛鴦水鴨相逢歌〉1932

「老」代音/lau^1/，「閒逛」之意，漳腔。

6.2 泉腔

「說」

【有乜話　冏來說】【尒總妙　不使說】【通說伊　做家伙】〈新選笑談俗語歌〉

【男亡退一邊　女亡引來「說」】〈新刊神姐歌〉

「說」字，閩南語中，僅三邑腔用在口語，談話曰「說」，潮洲叫「呾」，其他皆是「講」。

「引〇」

【無恁維　引婿（嬸）恁　落值月　到只處　生几胎】p.26

【引丈汝來看燈。【爭】引姨汝識見一個水人不？】

【引婆只兜來】p.52

【引姑，引姑是誰？】p.171

吳守禮《光緒刊荔枝記戲文校理》

【「引媽」見說目滓流】〈新刊神姐歌〉

「引〇」為泉州話特有之人稱詞頭前綴，廈門或台灣普通腔叫「俺」/an^2/，早期南管戲文常見。

「〇賽」

【咱雙人同賞中秋月，攜手並肩在阮樓上瀟灑真「無賽」】

〈南管指套「自來生長」〉「自來生長」應唸 / $tsɯ^7 lai^5 sĩ^1 tŋ^5$ /。

【十甑龜　八甑粿　亦縛粽　亦煎「粆」大小仔　提相賽】〈新選笑談俗語歌〉

【罵兄嫂　打小妹　惡沛利　真無賽】〈新選笑談俗語歌〉

【綉弓鞋　三寸短　一雙腳　細無賽　慢慢行　障調豚】〈新選笑談俗語歌〉

【好友貴人來扶持　朋友「稅」過親兄弟】

〈最新番平歌全本〉宣統己酉年（1909）

以「稅」過，代「賽」過，音/sə³/，或/se³/，「稅」過，泉腔。

【來看下人「相稅廣」因孫塊赳因阿公】〈二集　台灣光復〉梁松林作詞

「相稅廣」，作「相賽講」之表音字。

「賽」泉州漢音 / sai /，白讀 / sə /。

「無賽」：是無人可比之意。「相賽」是比賽之意。

「值○」

【風騷嬸　去值處】【落值月】〈新選笑談俗語歌〉

「值處」/tɯ⁷ tə³ /。

南管「值」字有兩種用法，一音/tit⁸/，當「何」解，如「值人」。

一音/tɯ ⁷/，當「在」解。

「拙○」

【到只處　生几胎　無相尋　拙惡見】〈新選笑談俗語歌〉

【想起過海「拙」干難　咱厝小可罔去趁】〈新刊過番歌〉南安江湖客輯

【松樹開花結成珠　恰娘交陪有「拙久」】〈最新百樣花歌〉

「拙」音 /tsuaʔ⁴/ 程度副詞，如此，亦有用「撮」表音者如下例：

【汝都知。近時那「撮」路渣（落災）】〈前嫖賦〉《改良暢所欲言》

「化年鄭」

【入水罕得「化年鄭」　有个乎水浸規冥】林文筆〈無情的大水〉1959

「化年鄭」，/hua³nĩ⁵tĩ⁷/，泉腔，沙鹿腔。

「八死」

【看一見　就相說　八死長　八死短】〈新選笑談俗語歌〉

八死，/pueʔ⁴ si²/，「見笑死」，形容詞，在此當副詞用，南管常用。

「不用」

【不用坐】〈新選笑談俗語歌〉

「不用」，泉腔合音詞 / bɔŋ^{35} /，意思是「不免」。

「暗行」

【不痛阮　使暗行　无（無）聲說　阮靜靜】〈新選笑談俗語歌〉

「暗行」，泉腔詞 / am^{3} hiŋ^{7}/，明知而故意不說，或敝帚自珍而不願輕易示人。

「障○○」

【障調啄　衣食事　無欠缺　恁官人　月月月】〈新選笑談俗語歌〉

【今日方知　恁許「乾埔人」「障」無義】〈最新番婆弄歌〉

【障行宜】〈新樣台灣種蔥歌〉

「障」，/ tsiũ /泉腔合音詞「只樣」。

「向○○」

【向碼螺　三凔食】〈新樣台灣種蔥歌〉

「向」，/ hiũ /，泉腔合音指向詞「許樣」

「怯○」

【「怯」婿】〈新樣台灣種蔥歌〉

「怯婿」/k^{h}iap^{4}sai^{3}/。壞女婿。

「○乜」

【「因乜」是六重】〈新刊神姐歌〉

「因乜」/in^{1}miʔ^{4}/，為何？

「乜○」

【桔仔開花成紅柑　旗干立起是紅衫

恰娘相好一半暗　拆散姻緣「乜人」甘】〈最新百樣花歌〉

「乞○」

【好仔「乞」汝飼】〈新刊神姐歌〉

「乞」/k^{h}it^{4}/，給與。

「割吊」

【割吊人】〈新刊台灣十八呵歌〉

【夜香開花透冥香　牡丹含蕊「割吊」人】〈最新百樣花歌〉

「割吊」/kuaʔ^{4}tiau^{3}/，形容相思之苦楚。

「在年」

【未知只夢是「在年」】〈新刊番婆弄歌〉

「在年」/tsai^{6}ni^{5}/，如何。

「在值」

【瑤桃開花仙山有　番船過海半沉浮

　未知娘仔「在值」厝　恰慘乎娘迷著符】〈最新百樣花歌〉

「在值」厝，厝在何處？泉腔特殊風格詞。

參見六、（三）2.7第三例。

「親淺」/「親醒」

【六舍聽說心歡喜　果有好娘「生親淺」】

〈最新大舜耕田歌〉宣統二年（1910）

「生親淺」/sĩ^{1}ts^{h}in^{1}ts^{h}ĩ^{2}/，容貌秀麗。三邑泉腔。

【貪汝生成恰「親醒」　盡京人蛤我相晶】〈最新僥倖錢歌〉

「親醒」，/ts^{h}in^{1}ts^{h}ĩ^{2}/。

「倒落」

【寶川听見心肝糟　柴米配來著「倒落」】

〈武家坡　寶川拜壽打魏虎no.4〉梁松林編作

「倒落」，/toʔ^{8}loʔ^{8}/，「何處」，泉腔。

6.3 廈門腔

【頭家有卜倩夥計　「是誰」卜倩做龜里】

〈最新番平歌全本〉宣統己酉年（1909）

「是誰」，/tsi⁷tsui⁷/，廈門腔。

【店主看見王金龍　身上破衣真「流常」】

〈最新玉堂春廟會歌〉上本宣統元年（1908）

「流常」音/lau⁵siɔŋ⁵/，廈門話，華語「骯髒」。

【無錢常常起呆辟　「煙枝」阿片亂直食】〈最新修成正果歌〉廈門會文堂

香菸說「煙枝」，廈門腔。

【羊今出世羊廣耳　冥來食草日律乳】〈最新生相歌〉廈門會文堂

定韻字「耳」，「乳」音/ni¹/，廈門腔。

7. 其他特殊詞

【醫生經過幾若人　食藥如水無採工

症頭十分的沉重　生命強卜過工空】〈張玉姑靈應歌〉

「過工空」一詞，意為「過身」人人會曉，但極少人知其語源係從南管而來，以南管琵琶為據，其有四條空絃，由右至左其「空位」（唱名）分別是「工，下，士，工（「⺿＋工」，冇工。或稱低工）」，所以無論由左起算，或由右起算，都是「正工」或「低工」（⺿頭工），若「過工空」就是「無空」。就「無去」！以「弦友」來說，「過工空」可算是白話，然以一般人而論，可能就是「隱語」。

「過工空」一語，尚流行於當今社會，即歌仔冊亦常見。

如《台灣民主歌[13]》就有一句：【倒落房中身世重　日本未來過工空】

【我今破病骨頭重　醫那無好「過公空」】台北周協隆〈新編包食穿歌〉1932

「過公空」，應作「過工空」，過身。

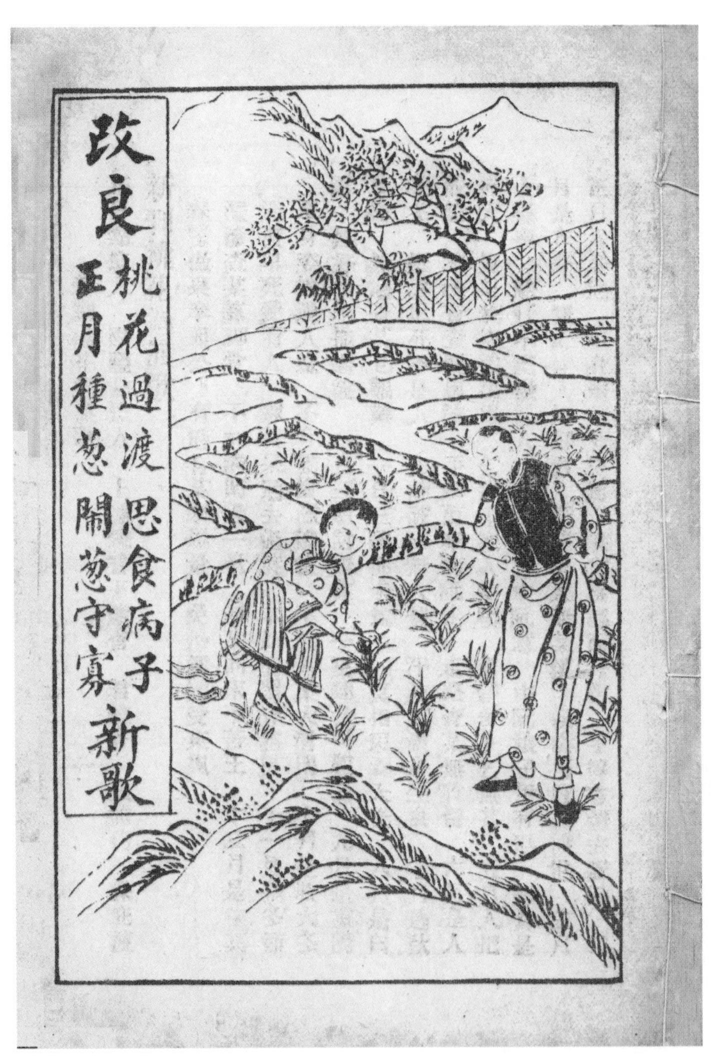

[13] 張裕宏校注，《十九世紀歌仔冊：台省民主歌校注》，文鶴，1999初版，p.104「過工空」是「死」的意思，語源m7知。

七　方言比較

（一）歌仔冊方言比較

主要擇「同義異腔詞」及「同字異腔詞」做比較，共舉「緝」、「乾埔」、「云」、「何圖」、「保庇」、「墓」、「謀」、「乳」等方言差異顯著之詞，來觀察歌仔冊之方言特性。

1.「同義異腔詞」

1.1 關於台語「緝」/ ts^hip /，（追逐）之四種方言差表音字

1.【啞口的就喊拿　跛腳的走去「執」】黃啟瑞〈廢れた歌謠〉1942

「執」做追逐之表音字，音 / tsip[4]/，泉腔。

2.【無嫌愛听免緊急　這本卜來接頂集

因某走乎因翁「執」　到位磕門不伊入】

〈武家坡　寶川拜壽打魏虎no.4〉梁松林編作

「執」，/tsip[4]/，追逐也，泉腔，艋舺腔。

3.【啥人喝　啞口的喝　啥人掠　癮手的掠　啥人「跡」　跛腳的跡】

李獻章〈記一首在彰化採集之民謠〉《台灣民間文學集》1978

以「跡」為追逐之表音字，「跡」字泉州有文音 /tsiek/、白音/tsiaʔ/、/jiaʔ/，三音，兩個白音與逐無關，僅/tsiek/，與漳浦音 /jiek/ 韻母相同，聲母相近，漳州音讀/jiok/，廈門音/lip/，故可確定「跡」表音/jiek[4]/，彰浦腔。

4.【月娘月光光　起厝田中央　賊仔偷挖壁　挖幾空　挖三空

什麼人看的　睛盲的看的　什麼人喝　啞口的喝　什麼人「緝」

跛腳的「緝」什麼人拉　跛手的拉】金撰〈月光光〉《風物志》1949.8

「緝，音/ts^{h}ip^{4}/，三邑泉腔」

第三則以「緝」字為「追逐」之表音字，「緝」字，僅有一音 / ts^{h}ip /，屬三邑泉腔。記錄者雖以華語表記，但不難看出此謠至少底層帶有三邑泉腔元素。

通常三邑腔「追逐」，有兩種說法：

一是「走去緝」

一是「相賽走」/sã^{1} sə^{3} tsau^{2} /

視情況而定。

5.【豬肉不買買豬頭　有某阿君不可交

　等待伊某若「趇」到　斬草除根無回頭】廖漢臣〈談談民歌的搜集〉1948

「趇」音 / lip^{4} /，為追逐之表音字，金韻，廈門音。

作者以形聲字「走」為義符，「立」為聲符「趇」，訓「追」無疑。

6.【這條案件大至急　則時非常緊召集　那無趕緊澳去趇

　卜拿竊盜閣常習】林有來〈義賊廖添丁第三集〉新竹竹林1959

本句更可從韻腳直接斷定：「急/集/習」，「趇」音/ lip^{4} /，新竹泉腔。

1.2 關於台語「丈夫」【/ta^{1}pɔ^{1}/，tsa^{1}pɔ^{1}/】歌仔冊如何以漢字界定

1.【早死「查埔」片查某】〈新編棍門棍歌下〉1936

「查埔」/tsa^{1}pɔ^{1}/，漳腔。

2.【今日方知　恁許「乾埔人」「障」無義】〈最新番婆弄歌〉1913廈門會文堂

「乾埔人」，「乾」讀/ta^{1}/，「乾埔」/ta^{1} pɔ^{1}/，泉腔。

3.【探聽姓王倒一戶　你不識來恰青蘇（生疏）

　這塊倚家小多數　卜問「查某」野「乾埔」】

〈武家坡　平貴回窯　三集〉梁松林編作

艋舺泉腔「查某」/tsa^{1}bɔ^{2}/，「乾埔」/ta^{1}bɔ^{1}/，明顯區分。

1.3 關於「閒逛」漳泉方言差

「云」

1.【一崙過了又一崙　一身愛卜娘厝「云」】〈最新相褒歌〉

「云」，音/un5/，四處遊走，三邑泉腔。

「老」

2.【聽汝念歌好句豆　下方出來四過「老」】宋阿食〈鴛鴦水鴨相逢歌〉1932

「老」代音/lau1/，「閒逛」之意，漳腔。

3.【卜倩老婆做「工契」　乎娘閑閑四檜「洒」
算是阿君有家伙　照顧阿娘个面皮】〈新編棍門棍歌上下〉1936

定韻字「洒」代/seʔ8/，或/səʔ8/，「閒逛」之意，同安腔。

1.4 「糊塗」如何判定漳泉

1.【咱無趁銀思無路　路頭个人者「何圖」】
〈最新番平歌全本〉宣統己酉年（1909）

「何圖」作「糊塗」之表音字。「何」，高韻/ɔ/，「何」＝「糊」音/hɔ5/，泉腔。

2.【那是要嬸人查某　出世和尚甲尼姑
也無嫁尪甲悉某　淨手過日無乎（糊）塗】
嘉義葉鍵得、陳幸信〈曾二娘歌詩〉

「漳腔陰陽平變調同為中平調。」乎塗＝糊塗

聲調「定腔詞」：「乎塗」/ hɔ1thɔ5/ 漳腔。

1.5 「保庇」漳泉差

1.【着下城隍相「保庇」　恰好金紙燒乎伊
有人來配我姜女　我卜乎伊做妻兒】
邱清壽〈孟姜女配夫歌一集〉竹林書局1987

定韻字「庇/伊/兒」基韻/i/，定腔字「女」音/li/，漳腔。

作者邱清壽是內湖人，屬漳腔。

「保庇」，漳、廈音/po²pi³/。

2.【救命陰功天「補庇」　明年生來一小弟】

〈溺女歌〉廈門會文堂書局發行石印

「補庇」作「保庇」之表音字，「保」音「補」/pɔ²/，泉腔。

1.6 「腳隻」/「吧隻」方言差

「廈門腔」表音字作「加隻」，「漳洲腔」表音字作「腳隻」，「南安腔/台北安溪腔」作「吧隻」，「艋舺腔」作「巴隻」，「閩南泉州腔」作「巴者」/「巴脊」。

1.【也有癮着流秤汗　「加隻」中心能畏寒】

〈新編修身治家歌〉陳清波編輯台北周玉芳書店發行1932

「加隻」，背脊也，音/ka¹tsiaʔ⁴/，大稻埕腔，廈門腔。

2.【講到父母塊痛子　時時貝在「腳隻」背
個個都是痛命命　不甘乎子哭半聲】

大甲林達標〈社會教化新歌下本〉竹林書局1958

「腳隻」，音/kʰa¹tsiaʔ⁴/，漳洲腔。

3.【覽爛查某行未到　頭棕格背「巴隻」頭】〈最新覽爛歌〉廈門傳文堂

「吧隻」，音/pa¹tsiaʔ⁴/，因本歌題明《南安江湖客輯》，故可確定是南安腔，但台北安溪腔亦說「吧隻」，/pa¹tsiaʔ⁴/。

4.【大日出來熱鍋鍋　「巴者」爆去如火著】

〈最新番平歌全本〉宣統己酉年（1909）

「巴者」音/pa¹tsiaʔ⁴/，閩南泉州腔。

5.【八月初二日過鬪　約束我去過彩樓
我抈著人「巴隻」後　成意綉球親手抛】

〈武家坡　平貴回碯　三集〉梁松林編作

「巴隻」，音/pa¹tsiaʔ⁴/，艋舺腔。

6.【人說的着：「巴脊」背黃金、共別人看風水。正是汝只號人。】

泉州楊介人〈吾道窮〉《改良暢所欲言》泉州郁文堂書局石印1908

「巴脊」音/pa¹tsiaʔ⁴/，一百年前，閩南泉州腔。

2.「同字異腔詞」

2.1 關於台語「墓」之漳泉差，歌仔冊如何顯示

1.【蚱蜢公　紅碰碰　欲何去　欲培「墓」】廖漢臣〈彰化縣之歌謠〉1960

定韻字：「公/碰」，東韻 /ɔŋ/，定腔字：「墓」，音/bɔŋ⁷/，漳腔。

2.【厝搭在者塊守「墓」　孝心無人伊的多

二十四孝排十五　恁著親像伊王蒲】梁松林〈特編貧人出孝子勸改新歌〉

定韻字「多/五/蒲」，高韻/ɔ/，定腔字「墓」，音/bɔ⁷/，泉腔。

2.2 「謀」字，如何確定漳泉差

1.【烏狗聽着足成苦　可惜易欠四百箍

我都足成無法度　現時錢真奧股「謀」】〈烏貓扒壁新歌〉

定韻字「苦/箍/度」，高韻/ɔ/，定腔字「謀」，音/bɔ⁵/，安溪、同安或漳腔。

2.【曹操此時塊大笑　笑說孔明無計謀

連環被伊放火燒　東吳追兵袂得著】〈最新三國相褒歌〉宣統三年（1911）

定韻字：「笑/燒/著」音/io/，燒韻，定腔字「謀」鈎韻，今混入燒韻，泉腔。

2.3 「乳」如何判定漳泉廈腔

1.【羊今出世羊廣耳　冥來食草日律乳】〈最新生相歌〉廈門會文堂

定韻字「耳」/hi⁷/，或/hĩ⁷/，「乳」音/nĩ¹/。廈門腔或大稻埕腔。

2.【我共恁講恁着信　免娘騙甲蹔孤「乳」】台北周協隆〈新編包食穿歌〉1932

定韻字「信」/sin³/，定腔字「乳」/lin¹/，台北泉腔。

3.【人伊子孫正大陣　生傳一家「員乳乳」】

〈武家坡　平貴回磘　三集〉梁松林編作

定韻字「陣」/tin^7/，定腔字「乳」，/lin^1/，艋舺泉腔。

4.【神仙藥店變一宮　象兒行入着言明

砒酸淡泊賣我用　阮母參藥卜糊乳】〈大舜出世歌五集〉竹林書局1944

定韻字「宮/明/用」/iŋ/，卿韻，定腔字「乳」，/liŋ^1/，漳腔。

（二）方言調查與歌仔冊資料之歷時比較

1.「嘴胚」（臉頰）

普通台語說/ts^{h}ui^{3}p^{h}ue^2/（廈），或/ts^{h}ui^{3}p^{h}e^2/（漳），歌仔冊至今共發現四詞，除前者外，另有「嘴邊」，/ts^{h}ui^{3}pĩ^1/，及/ts^{h}ui^{3}p^{h}ui^2/（ts^{h}ui^{3}pui^2），分述如下：

(1)【馬俊氣甲袂講話　汝免共我打粟衰

那無共汝煽「嘴胚」　乎人聽着加年回】

〈大舌萬倖大餅歌二十集〉竹林書局

定韻字「話/衰/回」，杯韻/ue/，「嘴胚」音/ts^{h}ui^{3}p^{h}ue^2/，廈門腔。

(2)【將軍入來厝內底　塊扭杞郎伊一个

杞郎乎伊獅「嘴胚」　豎塊乎獅幾落下】〈孟姜女思君歌二集〉竹林書局

定韻字「个/下」，西韻/e/，「嘴胚」音/ts^{h}ui^{3}p^{h}e^2/，漳腔。

(3)【瑞元一時起受氣　緊獅因某的「嘴邊」】

林文筆〈無情的大水〉1959「沙鹿腔」

「嘴邊」，/ts^{h}ui^{3}pĩ^1/，臉頰，泉腔，沙鹿腔。

(4)【頭殼格來梳角鬃　「嘴啡」梭甲紅紅紅

因爹笑甲袂輾重　認定因子囝仔人】梁松林〈特編貧人出孝子勸改新歌〉

以「嘴哺」訓「臉頰」。「哺」字，音符「非」，若根據「哺仔粉」一詞台語說法，則「哺」應唸做/pui^2/，「嘴哺」讀作/ts^{h}ui^{3}pui^2/。但若根據張屏生[14]所作方言調查則「嘴哺」，音/ts^{h}ui^{3}p^{h}ui^2/，同安腔。兩音之差異在於「哺」字之送氣與否。

張屏生調查/ts^{h}ui^{3}p^{h}ui^2/，確定是同安腔，但不只同安，即泉州亦音/ts^{h}ui^{3}p^{h}ui^2/，本句艋舺腔可供方言調查及文獻資料之參照。

2.「肉」

【聽到汝說真失德　恰慘割娘腳腿「肉」

留我呆命無路益　塊君汝死恰明白】〈落陰歌〉台南市博文堂書局1926

定韻字「德/益/白」，卿韻入聲，/iek/，定腔字「肉」，音/hiek^8/，泉腔。

現今台灣「肉」字，皆音/baʔ^4/，「hiek^8」，已於中年層消失，僅保存於老年層特定「俗語」中，如「落街打肉」（蘆洲），「雷鳴驚蟄，一手懸魚，一手懸肉」（鹿港），「粿無熟，我買肉」（金門兒歌），口語中亦不復存在。

但〈落陰歌〉卻明白記錄「腳腿『肉』」此一口語詞，可見1926年前後台灣泉腔口語「肉」，依然說/hiek^8/，歌仔冊之語言價值由此可見。

至於是否可以確定是「台灣泉腔」？除出版社是台南以外，閩南泉腔「肉」，音「hiak^8」，俗讀音「mãh^4」（鼻化），潮州音「nek^8/bah^4」，音值皆與台灣不同，雖然如此，但韻腳字亦可通用，只能斷定是泉腔，是台語或閩南語則無法判斷！

---

[14] 據張屏生，《同安方言及其部分相關方言的語音調查和比較》，國立台灣師範大學國文研究所博士論文，1996。

3.「芒仔埔」

「墓仔埔」歌仔冊有三種腔口紀錄：

泉腔，音/bɔ^{7}a^{1}pɔ^{1}/。廈、漳腔，音/bɔŋ^{7}a^{2}bɔ^{1}/，同安腔，/baŋ^{5}a^{1}pɔ^{1}/。

如下例：

(1)【百姓青慘哀哀苦　都市變做「亡仔埔」】

〈西歐大戰記〉張新興編輯新興書局出版1945.11

「亡仔埔」，作「墓仔埔」之表音字，音/bɔŋ^{5}a^{2}bɔ^{1}/，廈、漳腔。

(2)【時代交通真呆路　大溪無橋舖竹箍

上山落嶺真干（艱）苦　專是竹腳「芒仔埔」】

陳清波〈台灣舊風景新歌〉台北市延平區民樂街一五二號

「芒仔埔」，作「墓仔埔」之表音字，「芒」，音/baŋ^{5}/，如「菅芒/kuã^{1}baŋ^{5}」。「墓仔埔」讀作/baŋ^{5}a^{1}pɔ^{1}/，本歌作者是「大稻埕同安腔」，封面雖不著年代，但以版式及封面反共標語「反共抗俄　軍民團結」來看，約是民國三十四年國民黨來台以後，國共戰爭熾烈期，約當1945-1950年左右，距今五、六十年前，當時「墓仔埔」讀作/baŋ^{5}a^{12}pɔ^{1}/，據張屏生1996年所作方言調查，蘆洲方言「墓仔埔」讀作/baŋ^{5}a^{2}pɔ^{1}/，因蘆洲與大稻埕同屬同安腔，所以本詞可直接作方言調查及文獻之「歷時比較」。

4.「尿多」

(1)【有心君子買乎嫂　乎我看著成「尿多」】

〈最新肉叹笑歌〉基隆宋阿食發行1932

(2)【新娘派頭真「偶」　穿洋裝掛手錶

先鬧伊都袂笑　這款人才真小】〈食新娘茶講四句歌〉竹林書局

「尿多」，音/giotoʔ/，或/dziotoʔ/。「偶」直音/gio/，是/giotoʔ/，省文。

日語「じょらとら」之表音字，意思是上等，非常好。

如果以聲母對應來說，當然是以/dzi/，對應日語/じ/，問題是北部通常都說/$gio_{55}to^{55}$/，新竹泉腔亦以「偶」表音/gio/，即使是台北泉腔亦然，不說/$dzio_{55}to^{55}$/，更無/$lio_{55}to^{55}$/。

若照方言通例則日語「じょらとら」台北應作/$lio_{55}to^{55}$/，日母歸柳。一般漳腔則應作/$dzio_{55}to^{55}$/，嘉義以南至屏東漳腔則應作/$gio_{55}to^{55}$/，/dz+i＞gi/。

但事實是台北泉腔一律讀/$gio_{55}to^{55}$/，再看「じゃんけん」日語，猜拳。台北亦是/$gian^{33}$/，為何一句外來語音譯卻打破「聲母音變規則」？

5.「腹㪷」

(1)【船今未行无通食　飫去腹「㪷」凹「吧隻」

腹內無食多真飫　想起卜哮又見肖】

〈新刊過番歌〉南安江湖客輯廈門會文堂

腹「㪷」，是 / pak^4tio^2/之表音字，泉腔。因泉腔「斗」文讀/tio^2/，鉤韻字。古音/ɯo/，今音 /io/，白讀/au/，郊韻（白讀與此無關）。「腹肚」/pak^4tio^2/，讀作/ pak^4tio^2/，通常認為是「長泰」、「灌口」腔。

台灣本島不存「腹肚」/ pak^4tio^2/之音，僅澎湖湖西鄉/ɔ/，皆作/io/，若本文推論正確，看來 /ɔ/，作 /io/之範圍，不僅限於今人已知之方言點而已。

〈新刊過番歌〉雖佚記年代，然因是木刻版，推定其刊行時代，至少不晚於清末，所以腹「㪷」/ pak^4tio^2/一詞，可認定是一百年前之南安腔。

又，〈新傳離某歌〉木刻板，不著年份及出版社，版式極古，應不晚於清道光年刊刻，全本五頁，亦有一句：

(2)【袂應查某听一見　短命脹「㪷」又瘟病】

憑此句，又可將「㪷」，㪷」音，上推至二百年前，惟方言點則不能確定。

又，1922年泉州郁文堂再版，楊介人著《改良暢所欲言》更可提供確證：

(3)【看汝卜城出。二比「抖橫」。一場大拂。將婊頭交地保】〈後嫖賦〉

「抖橫」，作「鬥橫」表音字，「抖」表「鬥」，音/tio/，確切無疑。

(4)【只屁放的色。「腹抖」就袂激。較香玉蘭花】

〈彈鋏客〉光緒壬寅（1902）

「腹抖」作「腹肚」表音字，音 / pak^4tio^2/。

6.「天兵」

【天光頭殼神殺痛　恰慘一時犯天「兵」

甲娘分開帶身命　腳酸手軟殺賣行】台北周協隆〈新編包食穿歌〉1932

定韻字「痛/命/行」，京韻/iã/，定腔字「兵」，音/$piã^1$/，此音當今台灣本島及金門、澎湖皆未聞，是閩南語泉腔及同安腔特有詞，分布範圍不明。

但本歌是1932年由台北周協隆出版，照理應代表作者周天生之腔口，可見75年前，台北泉腔尚保存「天『兵』」此一說法。歌仔冊可作方言調查之歷時文獻，又得一例。

按：句中所謂「犯天兵」，即是沖煞「境主」（角頭神明）巡境時所帶之隨從。泉州民俗信仰，每年春季時，扶乩請示吉日舉行「放兵」，音/$paŋ^3piã^1$/，扛「境主」巡境，屆時管轄境內之弟子，則家家戶戶置香案，備辦供品於家門口，以迎神明及其隨從，謂之「犒將」。而境主則於其轄內牆角張貼「鎮符」，以宣示神威，庇祐信眾，謂之「放兵」，並於年底舉行「收兵」巡境，儀式一如「放兵」[15]。

---

[15] 見《閩南采風集一》p.105，楊薇編著，菲律賓納卯華僑播音社版，1965。

7.「着/著」

(1)【編歌不是「著骨縫」平平手底目血人

我有見過知輕重　勸恁朋友先不通】

〈新編修身治家歌〉陳清波編輯台北周玉芳書店發行1932

「著骨縫」，音/tuʔ^{8}kut^{4}p^{h}aŋ^{7}/，意思是：以言語挑剔他人之過失。通常指犯錯者其過失雖不顯著，但指責者每能一語中的。/tu^{8}/，甚難尋出適當漢字，甚至同音字表示，而本文作者卻以「著」代/tu^{8}/。

蓋「著/着」歧音甚多，有入聲音/tiɔk^{8}/、/tioʔ^{8}/、/toʔ^{8}/。非入聲字/tiau^{5}/，/tu^{7}/。今人雖以為「著」/「着」同字異形，但歌仔冊卻分成兩組，以「着」表音/tioʔ^{8}/、/tiau^{5}/，以「著」表音/tɯ /（/tu/，/ti/），有陰去及陽去兩個聲調。「著」字，最接近/tuʔ^{8}/，屬於一種無央元音之同安腔，本文作者是大稻埕人，故斷定「著」是大稻埕腔，以當今之方言調查亦是如此。

(2)【食朝烏煙不「種進」　坐落椅仔「着著」眠】

〈新編修身治家歌〉陳清波編輯台北周玉芳書店發行1932

不「種進」，/m^{7}tsiɔŋ^{2}tsin^{3}/，作「不長進」表音字，泉腔。

「着著」眠，前一字「着」音/tioʔ^{8}/，作「必然會」解，後字「著」表音/tuʔ^{4}/，「著眠/tuʔ^{4}bin^{5}/」者，「著龜」也，華語「打瞌睡」。

本句「着著」連用，是「着」、「著」分成兩字，在歌仔冊分別代表兩個不同音，兩個不同義項之最佳成例。與今華語「着」、「著」兩字通用之例，大大不同。嘉義研究者蕭藤村老師最早發現此種「特殊現象」，筆者以之驗證歌仔冊用字，大約九成以上符合，但亦有約一成是「着」、「著」不分，歌仔冊以「着」、「著」分用，可大為減輕「着」、「著」不分之「音義負荷」，是歌仔冊作者經長期以台語漢字寫作，所得之巧思，其他近似用例，如「婦人人」，或可比照辦理，也許可紓解漢字一字多音多義之弊病。

下句作者不同，但規範則一致：

(3)【我在寒磘無稅厝　那卜來去且污蹲
不比在「著」恁相府　有米愛「着」皆忌麭】
〈新版　武家坡　王寶川採桑　no.1〉梁松林編作

前字「著」音/tɯ7/（/tu7/，/ti7/）。後字「着」音/tioʔ8/。

8.「（色/實/汁）>（熟/穡/捷）」

據方言調查資料指出：台中市偏漳方言，有陰陽入本調混同之現象如：「桌」、「着」不分，「火着/toʔ5/」說成「火桌/toʔ3/」，「目的/tiek5/」念「目竹/tiek3/」。陽入歸陰入。

歌仔冊語料亦顯示此一特徵，但兩者並存，一是「陽入歸陰入」，亦有「陰入歸陽入」。如〈義賊廖添丁（全六集）〉新竹竹林1959年版：

(1)【坐點外鐘到苗栗　所過地方我無「色」】

地頭不「熟/siek8/」，以「色/siek4/」字表音，陽入歸陰入。

(2)【新竹朋友塊招（紹）介　伊廣台北真「汁」來
客棧逐宮都熟賽　困費二角三飯菜】

真「捷/tsiap8/」來，常常來，以真「汁/tsiap4/」來表音，陽入歸陰入。

(3)【這塊婦女足感甲　做「實」不敢卜立腳
也有賣菜甲挑柴　只地小站山仔腳】

做「穡/sit4/」（工作），以「實/sit8/」字表音，陰入歸陽入。

〈義賊廖添丁〉，根據六集結尾有「不才出版兼編歌」之句，「推測」是竹林書局頭家林有來「續編」，且書中處處有「草爾公」、「巴隻」等，泉腔語言風格詞，可能是「新竹」泉腔，或原作者腔口。但卻顯示「陰陽入本調混同」之現象，此為台灣泉腔方言調查迄今未見。

按本歌原作者為台灣最傑出之編歌先梁松林所作，原名〈新歌廖添丁〉。查索原書不見有「陰陽入本調混同」現象之詞句，此一部份可以認定是竹林頭家林有來「剪黏原作自行添加」，不能代表原作者梁松林之口音，可能代表新竹泉腔之「特殊變體」，亦或僅是林有來本身之口音。

檢索家藏歌仔冊，「廖添丁歌」共出三種五版：

(1)梁松林作〈新歌廖添丁〉全6集，新竹興新書局出版，義成發行，1955。

(2)〈浪子助貧歌〉又名〈廖添丁歌〉不著年份，不錄作者，編號3，4各一本，興新出版。

(3)〈新編義賊廖添丁歌　全六本〉新竹竹林，1959版，1990版，另有一版不著年份，共三版。

八　歌仔冊校對法案例

（一）校對樣本〈新選笑談俗語歌〉

以手頭持有之四種版本互校：

1.〈新選笑談俗語歌〉楊雲平藏道光二十年刊本1840[16]

2.〈新鮮俗語歌〉台灣分館（木刻本刊年不詳）

3.〈新選笑談俗語歌〉自藏道光辛丑年新鐫1841

4.〈新鮮俗語歌〉清道光咸豐閩南歌仔冊選注，吳守禮校註2006

1. 版本比對

表1.

楊　本	年年吹　十甑龜　「入」甑粿　亦縛粽　亦煎柊
台圖本	年年吹　十甑龜　「八」甑粿　亦縛粽　亦煎移
自藏本	年年吹　十甑龜　「八」甑粿　亦縛粽　亦煎柊
吳校本	年年炊　十甑龜　「八」甑粿　亦縛粽　亦煎移

若無多本比對，難以確定是　年年炊　十甑龜　「八」甑粿　亦縛粽　亦煎移。

亦煎移，吳校本引《康熙字典》：「移」，黏也，疑為一種糕餅。

按：「移」音 / te[1] /，如今夜市常見之「蠔te[1]」就是。用蠔仔、蝦仔及其他佐料，以麵粉或蕃薯粉攪拌，落鼎油炸之食品。但金門之「蠔te[1]」意指「蠔仔煎」，名同實異。

[16] 據《台灣風物》2卷7，K.G.（校），1952.10。

表2.

楊　本	「千」亦催　萬亦催
台圖本	「于」亦催　万亦催
自藏本	「于」亦催　万亦催
吳校正本	「千」亦催　萬亦催（原「于」，牛津本「千」）

經比對確定是「千亦催　萬亦催」。

表3.

楊　本	粧起來　乜調啄　又共伊　做若科
台圖本	粧起來　乜調啄　又共伊　做若科
自藏本	粧起來　乜調啄　又共伊　做若科
吳校正本	粧起來　乜調啄　又共伊　做「苦」科

吳校本註：原作「做若科」，「若」，應作「苦」。

但「苦科」，又作何解？筆者以刻版筆畫，及上下文意推斷應是「笑科」。即是女人「打水粉　白如雪　粧起來　乜調啄（粧甲水噹噹）　又共伊『作笑科』（但是伊），做伊面　看別處　印（應）一聲　莫來掇（莫要跟前跟後）」。如此則上下文意暢通。全文見　十一、附錄1.。

表4.

楊　本	面頂水　滴几回　小仁人　不通說　一冥夜　房內坐
台圖本	面頂水　滴几回　小仁人　不通說　一冥夜　房內坐
自藏本	面頂水　滴几回　小仁人　不通說　一冥夜　房內坐
吳校正本	面頂水　滴几回　小仁人　不通說　一冥夜　房內坐

「小仁人」何解？四本皆無答案，筆者認為「小仁人」應是「少年人」之誤刻。「小」字漏底下一「丿」，「仁」、「年」形似，而字漫漶難辨。

表5.

楊　本	鄉里頭　街路尾　札罵話　捷飛飛　人看見　六毒火
台圖本	鄉里頭　街路尾　札罵話　捷飛飛　人看見　六毒火
自藏本	鄉里頭　街路尾　札罵話　捷飛飛　人看見　六毒火
吳校正本	鄉里頭　街路尾　札罵話　捷飛飛　人看見　六毒火

「札罵話」吳校本註：「札」，應作「禮」，疑為「詈」之借音字。不錯，應是「礼」字誤為「札」字。

此一詞有意思，「札」音「詈」/ le[2] /，漳腔，/ ləe，lue /泉腔。

有關「禮」＞「詈」，詳見「六、（一）、2.5歌仔冊方言及次方言定位法」。

表6.

楊　本	死人毒　入骨髓　癩吾手　亦袂□
台圖本	死人毒　入骨髓　癩吾手　亦袂「木+科」
自藏本	死人毒　入骨髓　癩吾手　亦袂「科」
吳校正本	死人毒　入骨髓　癩吾手　亦袂「木+科」

綜合各版本以吳校本最中肯，吳本以為是癩㾓/tʰai[2]ko[1]/手，亦袂瘸。「科」音「瘸」/ kʰə[5] /，/ kʰe[5]/。泉腔。

表7.

楊　本	二嘴砌　呑一了　一嗃厥　假袂顧　梯處坐
台圖本	二嘴砌　呑一了　一嗃獗　假袂顧　梯處坐
自藏本	二嘴砌　呑一了　一嗃獗　假袂顧　梯處坐
吳校正本	二嘴啜　呑一了　一氣呹　假袂顧　梯處坐

吳說甚善，但無解釋。「一氣呹」筆者以為是 /tsit[8]khui[3]keʔ[8]/，一口氣哽住上不來。「梯處坐」當然是 /the[1]te[3]tse[7]/。

表8.

楊　本	牽阮手　摸伊貨　許身下　□飛飛
台圖本	牽阮手　摸伊貨　許身下　「橈」飛飛
自藏本	牽阮手　摸伊貨　許身下　「撓」飛飛
吳校正本	牽阮手　摸伊貨　許身下　「撓」飛飛

按：「撓」音 / ŋiauʔ[8] /，振動也。

2.「語言風格詞」評定

今以1.3版〈新選笑談俗語歌〉1841為例：

共舉歌本內文，具三邑「語言風格詞」者：「說」「引○」「○賽/賽○」「值○」「拙○」「八死」「不用」「暗行」「障○○」「向○○」十種。

以此證明〈新選笑談俗語歌〉是三邑泉腔。

僅引例，詳解請參閱第六章（三）.10.2。

「說」

【有乜話　罔來說】【尒總妙　不使說】【通說伊　做家伙】

「引○」

【無恁維　引嬌（孀）恁　落值月　到只處　生几胎】

「○賽」

【十甑龜　八甑粿　亦縛粽　亦煎「栘」大小仔　提相賽】

「值○」

【風騷孀　去值處】【落值月】

「拙○」

【到只處　生几胎　無相尋　拙惡見】

「八死」

【看一見　就相說　八死長　八死短】

「不用」

【不用坐】

「暗行」

【不痛阮　使暗行　无（無）聲說　阮靜靜】

「障○○」

【障調啄　衣食事　無欠缺　恁官人　月月月】

「向○○」

【向碣螺　三滄食】

3. 字詞解讀

【暗苦切　思行短　剩陳上　挂傀儡】

「剩陳上」，作何解？其實「剩陳」是「承塵」之表音字，音/ sin^5tin^5/，應作「承塵上」。所謂「承塵」就是古早紅眠床蚊帳之頂蓋部分，用以承接樑楹落塵，所以台語叫「承塵」。

【買醉蝦　十所尾　熖燒酒　做伊配

阮愛食不敢說　假無意　去偷「抛」　伊看見　就搶奪】

筆者按：「去偷抛」應作：去偷「帕」/ p^he^3 /，以手帕包起來。

「定韻字」：「蝦」西韻，/ e /，「定腔字」：「尾/配/說/帕/奪」晉江腔。若泉州腔則「尾/配/說/帕/奪」皆屬「科」韻 /ə/，不與西韻「蝦」同韻。

【拔落來　做几塊　撞一下　流白瀑】

筆者按：「流白瀑」/ lau^5 $pe?^8$ $p^he?^8$ /，口吐白沫也。

【因男仔　賣柴破　翁卜扁　某卜瀑】

「翁卜扁」應作翁卜「編」，編織。

「某卜瀑」應作某卜「縛」，捆綁。

【死鬼仔　振不丕　拙惡見　來只處　今是食】

「振不丕」者，/tsin¹bo⁵pʰe¹/「真無胚」也。料想不到之意。

【通說伊　做家伙　總罔食　好之貨　不照恁】

「好之貨」，應作「好好貨」，「之」字應是表示重複「ㄅ」誤刻。

【叫苦痛　乞厝邊　落姐妹　看一見　就相說】

「落姐妹」，「落」應是集合名詞，意為「眾」，「眾姐妹」。用法極特殊。

【三碟龜　二碟粿　三暖砵　二鐵銚　吞心肝　獨自配】

「三暖砵　二鐵銚」狀食相粗魯，如今日台語說「三鋤頭　兩畚箕」。

4. 注音（詳第八章　附錄）

（二）校對樣本〈最新十二碗菜歌〉

1. 廈門會文堂（不著年份）
2. 台南博文堂（不著年份）

1. 校對方法

1.1 版本比對

「廈門會文堂」及「台南博文堂」兩個版本，經比對「無顯著差異」可供論證之用。

1.2 確定方言屬性

〈最新十二碗菜歌〉是閩南三邑泉腔，證明如下：

1.「陰上」調特殊語法

【所在格到真是沛　謹買香煙長城牌
長城个煙野賣呆　會曉食煙伊就哉】L.14

【同行一陣十外人　煙盤捧乎阮邊弄
鴉片煞買一錢重　不知通燒野不通】L.21

【燒豬燒了也久赤　撻皮大塊甲好食
這隻豬仔野大隻　那無那有即有額】L.43

「野」在此當程度副詞用，但三個「野」字因程度不同可分兩類：

(1)在「野賣呆」及「通燒野不通」兩個詞場情境中，普通台語「野」字，本調可照字音直讀「陰上」，或「勾破」讀「陽去」，變調照規則作高平及低調：

	本調	變調
陰上	51	＞55
陽去	33	＞11

以上兩個調位，以台語普通腔來說都講得通。

(2)但「豬仔野大隻」此種語法，普通台語無論「陰上」或「陽去」本調，及其變調規則，皆不適用！僅適用閩南三邑腔「陰上」調。

第三句形容豬仔「野大隻」，是豬仔「真大隻」，並非「還算大隻」。日本時代之台語文獻有「也久〇」也久/$ia_{35}ku^{55}$/，後接形容詞片語。

但現今台灣話僅海口腔之鹿港有「近似」說法，如鹿港可以說「豬仔『野句』大隻」，「野久」音 /$ia_{35}ku^{55}$/，形容豬「足」大隻，如「野久好」，「野久徹」是很好，很特別之意，但一定要重疊「野『久』」，不能僅以「野」來形容，或換個說法：「化大隻」/$hua_{53}tua_{11}tsia\text{ʔ}^{5}$/或「喚大隻」/$huan_{53}tua_{11}tsia\text{ʔ}^{5}$/。但無「野大隻」。而一般台語並無如此用法，台語通常說「即大隻」、「靴大隻」，或「哈大隻」。

「豬仔『野』大隻」是閩南三邑腔之「日常口語」，如形容女子美貌曰「野水」/$ia_{35}sui^{55}$/，稱讚人技藝高超曰「野徹」/$ia_{35}t^{h}iak^{5}$/。所以「野大隻」必然是三邑腔。

2.陰陽去聲調混同

【阮今赶謹請伊坐　謹謹雙手請食茶
即共眾人叫失禮　念阮腳手無「最」个】
【腳手無「最」阮都哉　即有諒早加己來
禮數即教卜省代　不是生份免舖排】
【二碗出來加里圭　無物請兄恰失倍
阿君卜食食伊「最」　這碗食了結夫妻】
【豬肝有人叫干花　一碗滿滿真正最
阿娘个人真賢「廢」　省人僥心著連回】L.45

前三句「無最」，以「最」訓「多」，上去聲混同下去聲，第四句「賢廢」作「閒慧」之表音字，「廢」上去聲，「慧」下去，陰陽去混同，皆是三邑腔之特徵。

1.3 字詞解讀

1.「圭」＞「雞」/kue/，屬「漳泉音衍生字」

【圭鴨奧爛著先君　圭湯提來配魚唇】L.2

【洋豆圭肉配豬肚　圭肉無味咱莫按】L.5

若照字音直讀，則「圭」訓「雞」音 /ke/，漳腔。

按「圭」字有兩讀：/ke/、/kui/，《彙音妙悟》「西韻」及「飛韻」。

故「圭」字在此讀 /ke/，屬漳腔或晉江無疑，但本詞屬「漳泉音衍生字」，應斷定是/kue/。詳見六（一）.2.4.。在此另舉例句補強：

【十碗出來是封圭　封圭焄到爛蛙蛙
卜食著用湯匙底　菜館總舖賣曉衰】L.48

定韻字：「衰」，杯韻 /ue /。定腔字：「圭/蛙/底」泉腔。

故「圭」訓「雞」音 /kue/，泉腔。

因「衰」字無論漳泉皆讀 /ue /，所以「圭」音 /kue/。

顯然作者不管或不知「圭」不音 /kue/，但本意就是要讀者唸 /kue/。

另一個可能性是合口及非合口通押。

固然歌仔冊亦有可能合口及非合口 /ue / 及 /e/可通押之例，然綜觀〈最新十二碗菜歌〉全文56聯，每聯四句一韻，每聯「必然」換韻，整整齊齊，絕無一韻兩聯之例，更無合口及非合口可通押之句，今舉兩例可以證明：

「合口陽聲韻 /uã/」

【家里圭肉煮真爛　便宜好食真有盤
　戠娘甲阮同心肝　調來共娘佉作伴】L.33

【八碗出來是崩盤　中央一碗燒豬肝
　嘴今塊食目塊看　阿君不通僥心肝】L.44

第一句「爛/盤/肝/伴」，第二句「盤/肝/看/肝」四個韻腳字皆是「合口陽聲韻 /uã/」，並無合口及開口通押之現象。

純就字音來論，「圭」訓「雞」音 /ke/，漳腔。

但本句韻腳字應作/ue/，泉腔。所以還是應以「圭」字，在句中之「韻腳音」來決定其方言屬性，會更準確。

2.「科」/「柯」音/ɔ/

【也排桔汁共烏醋　甘蔗錫皮甲切「科」
　皮旦過炸即不烏　洋豆圭肉配豬肚】L.5

【九碗出來鮑魚肚　鮑魚切到即大「柯」
　即粗叫人按盞步　總舖寔在真無普】L.46

【鮑魚本港是賣呆　切箱大「柯」即有觗
　好鱟刣到煞潛屎　煮到這辦真不該】L.47

此三句中「切科」「大柯」皆以「科/柯」音訓「箍」，高韻 /ɔ/，

「科/柯」文讀/ɔ/，三邑腔。

其用例不少，如下：

【廣話汝那賣出土　手指共汝打「斗柯」】〈最新僥倖錢歌〉

「斗柯」作「斗圈」之表音字，「柯」音/$k^hɔ^1$/，泉腔。

【听見人客叫查某　緊尋手巾七「木科」】

台北陳清波〈勸世煙花女自嘆寓飄新歌上下〉1932

「木科」，作「目眶」表音字，「科」音/$k^{h}ɔ^{1}$/，泉腔。

3.泉腔直讀定腔詞　「巢」

【各項有共恁交代　汝有聽見就會哉

人客小停就巢來　不通乎人食嫌呆】L.9

「巢來」，通通來。「巢」，音 /$tsau^{5}$/，郊韻 /au/，泉腔。

漳腔入「嬌」韻，兩者介音不同。「巢」南管唱曲有介音/ɯ/。

今泉腔無介音，無韻可歸，暫時以郊韻代之，其實與郊韻不同類屬。

4.其他

【湯頭照顧門好鹽　即免食去乎人嫌

那是乎人嫌「歐仙」　汝就共我提無鮮】L.12

「歐仙」，可能是「漚鮮」/$au^{1}sian^{1}$/，今台語有/$au^{3}sian^{1}$/一詞，僅聲調一為陰平，一是陰去，但歌仔冊文甚難如此規則，有時因「音近」，或「形似」而認定，方可讀通，不應過於拘執規則，且「歐」作陰平聲，當「久漬」亦可通。本句意謂：鮮魚因鹽滷久漬，而被認為是鹽漬物，「不夠生」，所以女主人特意叮嚀鹽要適量。

綜觀以上論證，〈最新十二碗菜歌〉是閩南三邑腔語系。有人以台南博文堂版〈最新十二碗菜歌〉論台灣料理[17]，認定〈最新十二碗菜歌〉是專為台灣料理而作，並以《台灣慣習記事》中所述台灣料理之作法，互做比較，顯然不知台南博文堂版〈最新十二碗菜歌〉是翻印廈門會文堂版〈最新十二碗菜歌〉。

且此歌尚不足以證明是專為台菜而作，以腔調論證，應是閩南菜，雖說兩者系出同門，但差異性亦應列入考慮。

---

[17] 曾品滄，〈從歌仔冊《最新十二碗菜歌》看台灣早期飲食〉，《台灣風物》52卷3，2002。

(三)校對樣本〈勸人莫過台灣歌〉

全文以漢文白話參雜書寫，四字一句，兩句一韻，整整齊齊，除中間兩句「朝歡暮樂」、「不顧廉恥」，及結尾八句以外，以「ɔ」韻一韻到底，在「歌仔冊」中，極其罕見。至於本歌到底屬何種方言？全文僅得一韻三例得以確定是屬泉腔：

確定方言屬性

【「伸手相摸」，「也顧坟墓」】

「摸」，「墓」泉腔 /ɔ /，高韻，正合本歌韻。而漳腔在「東」/「公」韻 /ɔŋ /，不合。

【免驚波「濤」】

「濤」，泉腔 /ɔ /，高韻，音/tɔ⁵/。漳腔亦屬高韻 /o/，此三例可確定本歌屬泉腔。

(四)校對樣本〈新樣台灣種蔥歌〉又題〈新刊正月種蔥歌〉

1. 清・木刻版。賴建銘1958〈清代台灣歌謠上〉《台南文化》第6卷第1期
2. 自藏　光緒丙午仲春　石印本1906
3. 自藏〈新刊正月種蔥歌〉民國三年　石印本1914
4. 自藏〈新刊正月種蔥歌〉廈門會文堂　民國三年石印本1914
5. 自藏〈新刊正月種蔥歌〉上海開文書局鉛印　年份不詳
6. 自藏〈正月種蔥歌〉台北黃塗出版社　年份不詳
7. 自藏〈新刊正月種蔥歌〉瑞成書局發行　昭和七年1932

8. 自藏〈新刊正月種蔥歌〉文林書局發行　民國四十七年（1958）

校對方法

1. 版本比對

以上八款版本，可分四種，第一款自成一式，第二至第五款一式，第六款一式，第七、八兩款一式。

一二式有「疊句」，如：嫁好尪　嫁好尪　傳後世　傳後世　心頭酸　心頭酸……，是一句七字疊三字體，第六款省略一部分「疊句」，內容與前兩式僅用字稍有出入，餘同。

第七、八兩款則另成一格，翻印者於承襲過程中有做兩大變革：

(1)逕自取消「疊句」，使全文變成整齊之「七字四句聯體」。

(2)刪除古語，代以「今語」，如「光棍」/「光威」……。

(3)大幅改動文句，使其合於或接近翻印者之語感。

如「狡」破蓆＞「甲」破蓆。「狡」是，「絞」表音字，音 /kauʔ^{4}/，因畏寒而以身體捲蓆而臥以取暖，易之以「甲」字，音義俱劣。

版本差別如表：

	木刻板	1932/1958版
1.	嫁著怯尪討受氣	嫁著「呆尪氣半死」
8.	當今少年无存後	當今少年「無」存後
	會趁錢銀撲大虎	十票提出不免找
	口鬚蔥白叫无厶	嘴鬚發白即知老
	叫无厶	○
9.	九月排來是秋透	九月排來是秋「兜」
	當今子弟無存後	當今「个人」無存後
	專作逆天撲白虎	好事不學想卜走
	到老目花叫艱苦	者來有頭無尾梢
	叫艱苦	○

	木刻板	1932/1958版
10.	早死錢銀不識惜	少年銀錢「袂曉」惜
	不識惜	○
	被單綿績當去盡	相似算盤打不著
	一時烏寒狡破蓆	一時烏寒「甲」破蓆
	狡破蓆	○
13.	酒今食醉假光歸（棍）	酒今食醉假光「威」
	未曾打某舉柴槌	「夫」曾打某舉柴槌
14.	厝邊嬸姆來勸你	厝邊嬸姆來「安慰」
	任你仙勸心不開	任爾仙勸心不開
	心不開	○
16.	不使縣口夯大枷	實在有影不是虛
	夯大枷	○

2. 確定方言屬性

以〈新樣台灣種蔥歌〉又題〈新刊正月種蔥歌〉八個版本作比較，單本篇幅僅短短17行，計共472字，時間由清代至1958年大約僅相隔一百年，空間分屬閩南及台灣之短文，即可觀察出三大變化：

(1)樂種更迭：木刻本之「疊句」形式，應是一種「曲調形式」，由長短句演變成七字句正代表歌曲曲調之演變。而「十二月調」[18]亦因此被後人大量襲用，做為「引韻」[19]，如〈十二月病子歌〉、〈手抄十二月戲箱歌〉、〈改良長工歌〉……。

(2)生活層面：清代之賭博「撲白虎」，到翻印書商文林書局時，已不能理解，故代以它詞。

(3)用語習慣：嫁著怯尪討受氣，「怯尪」一詞，非泉屬頗覺生疏，故代以呆尪。

---

[18] 詳見黃得時，《台灣歌謠之研究》，國科會手寫稿，1952。
[19] 同前書。

3. 字詞解讀

十一出來是水皎　一碗乎兄食賣兲　呵君大食〻伊卜　即賣乎人笑衰哨
水皎做了野賣呆　我看免食代先識　不信汝來共食埋　那是無好汝即太
十二出來洋旺梨　即碗清甜敢賣呆　那無嫌阮呆所在　大家着鬧相招來
旺梨食了礦頭味　四過个月刻無歇　阿娘給阮那有意　阮卜店者不返去
尾碗包仔千重糕　這碗出來完全無　卜折一塊八仙棹　卜留一个貼心哥
列位朋友代先行　阿娘下方卜留兄　打算恁着罵鉛影　失陪乎恁加己行
共恁二人說多謝　阮今來去汝店者　差人共阮叫拖車　阮卜來去九諒崎

專就語言層面而言，本歌是屬泉腔，泉腔「語言風格詞」即有「怯𧿹」、「障好」、「障行宜」等…。

【我今伸手打死你　不使縣口鵝大枷　鵝大枷】〈1914廈門會文堂本〉

「鵝」訓「舉」，音 /gia^{5}/，亦可證明是泉腔。

九　歌仔冊解讀略舉

1. 王育德[20]

【過年我娶一個某　娶著一個成大圓

打算界倒台灣島　卜是豬有二佰圓】

原文認為四句全韻應押 /ɔ/ 韻，但第三字「島」卻用 /o/韻，王育德以為「大概因為相近拿來充數」。其實泉音「島」字，文讀就是「tɔ」，/ɔ/ 韻，所以全韻皆押/ɔ/ 韻，並無疑義。只是作者以本身母語逕讀，不曾留意漳泉差，故解釋不通。

2. 臧汀生〈試論台灣閩南語民間歌謠之文字記錄[21]〉

作者在上文中，將歌仔冊記音方式分為：擬文音、擬白音兩種，並逢有文白音差之處舉例注音及注釋而已。「按：本文記音音值及其文白音差，準確度稍欠斟酌，如『夏』字，將/ha/、/he/，兩音皆當文讀（其實是一文，一白），『做雞愛請』，作者註『請』，打滾也（『請』，是狀雞以爪向後踢刮，藉此翻土以尋蟧，以資覓食之動作），類此之例不少。」

臧汀生1979《台灣民間歌謠研究》

全書音註或釋義訛誤，疏失難免，略陳數例如下：

(1)【不如清閒過一世　無「ㄙ」同床不苦切】p.44

作者註「ㄙ」音su，擬音字。

---

[20] 王育德，《台灣話講座》引〈憑單懶爛相罗歌〉，2000。

[21] 臧汀生，〈試論台灣閩南語民間歌謠之文字記錄〉，《民俗曲藝》55期，1988。

筆者按：「厶」即「某」之表音字。

《廈門音新字典》收/bɔ/、/su /兩音，「厶」/su /應是「私」字之簡筆，與本句無關。

「某」＝「厶」如下例：

【覽爛查某有名聲　帶在厶莊厶乜名】〈最新覽爛歌〉廈門傳文堂

「厶莊厶乜名」即是「某莊某乜名」無疑。

【五月排來人把船　當今「查厶」食烏煙】〈新刊正月種蔥歌〉

「查厶」即「查某」。

(2)【大字寫來兩腳開　杞郎做城喃淚垂
　　姜女為著人情苦　千里路塗送寒衣】

作者引〈上大人歌〉言「喃淚垂」、「送寒衣」皆作文言發音。（p.50）

「按，正好相反，本句韻腳在一、二、四句押 /ui/韻，定韻字是『開』，『兩腳開』、『喃淚垂』、『送寒衣』三句皆屬白話音。」

(3)【小妹共哥偌爾好　望欲生子親像哥
　「檢采」哥仔若轉到　有時看子若看哥】

作者註「檢采」擬音字，音 / keng^{1} chhai^{2} /，意謂等待到幾時。

「按『檢采』擬音 / kiam^{2} ts^{h}ai^{1} /，『采』，口語讀陰平，不唸上聲。台語『凡勢，卜定』之不確定語氣，近似華語『有可能，把不定』之意。」

3. 張裕宏《台省民主歌校注》[22]：

(1)【日本戰船挂銃空】p.25，作者註「挂」/ kua^{3} /，包含的意思。

「按『挂』字，泉音文讀/ kua^{3} /，白讀/ kui^{3} /，此處應讀白音/ kui^{3} /，作『配置』解，若作『包含』解，稍嫌隔閡。」

(2)【鴻章心肝想倒秉（反）　假奏君王著倩兵】p.29

[22] 張裕宏校注，《十九世紀歌仔冊：台省民主歌校注》，文鶴初版，1999。

作者註「倩兵」，/chhiã3 peng1/。「按：應作 /tshiŋ2 piŋ1/，請令率兵之意。」

「想倒秉」，作者註：文獻無「想倒秉」，不過有「想倒返」，意思是考慮，反省。

「按：『想倒秉（反）』，就是『倒秉想』，台語『心肝掠坦橫』之意，原作者為能與『兵』押韻，將之顛倒而已。」

(3)【「呵悔」卜守戶尾港　身中得病不知人

倒落房中身世重　日本未來過工空】

作者註「呵悔」，可能是「懊悔」，……「後悔」較無可能。p.32

「按：『呵悔』，並不是一個複合詞，『呵』是人稱詞前綴『阿』之『訓用』表音字，『呵悔』是人名『阿悔』。歌仔冊以『呵』，代『阿』之例，俯拾即是。蓋歌仔冊作者根本不理『阿』、『呵』兩字是否同音，解讀歌仔冊通常如多做『版本比較』，即可證明。僅舉二例，以見一般：

【四月排來日頭長　看見『呵』兄控眠床　控眠床　入門無話說小妹招兄照鏡心頭酸　心頭酸】〈新刊正月種蔥歌〉自藏光緒丙午仲春石印本1906

而木刻版則作【看見『阿』兄悶眠床　悶眠床】[23]，兩本對照『呵』＝『阿』。

【十八諸侯誅董卓　華榮性命為伊無

不可貪著水『呵』嫂　當今个娘能害哥】〈最新三國相褒歌〉宣統三年

『呵嫂』即是『阿嫂』。」

(4)【起來說話有絕樣　想著伊某「心肝娘」】p.32

作者註：「心肝娘」可能是「心肝niu5thiã3」的縮短，就是「心肝thiã3命命」的意思。

「按：『心肝娘』，參考歌仔冊之『常用例』，應作『心肝融』方為正解，台語『心肝融』，/sim1kuã1iũ5/，等同華語『心碎』。

---

[23] 賴建銘，〈清代台灣歌謠上〉，《台南文化》第6卷第1期，1958。

以下舉兩例來做本推論之佐證：宣統二年（1910）廈門會文堂〈大舜耕田歌〉，有一句可供參考：

【蓮花挽來提乎娘　想著生母『心肝洋』】

心肝『洋』作『融』之表音字，音/iũ^{5}/，謂其心碎。」

〈新編包食穿歌〉台北周協隆1932有一句：

【勸娘心肝不通想　我做生理出外鄉
　無人甲我相親像　心肝爾「鎔」我也鎔】

心肝爾「鎔」，音/iũ^{5}/。作「融」之表音字。亦是心碎之意無疑。

(5)【日本也有著滿州　戰船水面店地遊
　　卜俩粮草袂過手　有兵無糧「㑹」干休】p.35

作者註「㑹」干休殘卷寫做「㑹」千秋，所以可能讀做/ hinn^{3}ts^{h}ian^{1}ts^{h} iu^{1}/（盪鞦韆）……。

「按，『㑹』干休，照筆者自藏本『㑹』之筆劃判斷應作『命』。所以『㑹』干休，應作『命干休』，對照上下文句，應屬毫無疑義。」

(6)【抽起練勇滿滿是　未知練勇是「在」年】p.36

作者註「在年」可能讀做/tsaĩ^{2}ni^{5}，是「怎樣」的意思。

「按，『在』年，南管通常作『侢』年，中平調，在三邑泉腔屬『陽上』調，音讀是/tsai^{6}/，調值是33，不是『陰上』調，張文有誤。『侢』現在已是『古語』，今日泉州通常說『障仔』/tsiũ$_{33}$a^{55}/。」

(7)【撫台一時有主意　隨時「科遂」去留伊】p.41

作者註：「科遂」，抄錯應作「呼隊」是召部隊的意思，「科」是「呼」假借，海口腔有的/o/、/ɔ/無分，所以「科」講做「箍」。

「筆者按：『科遂』＝『呼隊』，毫無疑義。但以『科』讀做『箍』是/o/、/ɔ/不分，則未免有『以己範人』、『以漳範泉』之嫌疑，蓋『科』字泉腔白讀/k^{h}ə/，如『笑科』/ts^{h}io^{3}k^{h}ə^{1}/，文讀/k^{h}ɔ/，如『科學』/k^{h}ɔ^{1}hak^{8}/。以『科』，表『呼』，或『箍』，是歌仔冊常用例，詳見第六章（一）2.1.『漳泉音衍生字』，『大科』。

要之，泉腔之『刀』、『高』韻之分屬並非/o/、/ɔ/無分。而是據其詞之『文白屬性』以資斷定」

(8)【一日無君天下亂　一時中間全變款

番船未來人就斷　乞丐路漢多得權】p.50

作者註：「斷」字意思不明，「多得權」，可能是「多得利」。

「按，『番船未來人就斷』即是番船未來人就斷言，『乞丐路漢多得權』，『權』在此當動詞用，即『權衡』。即是乞丐路漢（羅漢）大多在『權衡』局勢以便從中取利。如此『斷』作『斷言』，『權』作『權衡』，則文氣上下呼應，略無滯礙。」

(9)【營盤府縣外江人　河南安徽「配」廣東】p.51

「按作者不確定『配』字何解，其實『配』音/$p^{h}e^{3}$/，就是『參雜』之意，言清兵是雜牌軍，有河南、安徽、又雜以廣東兵之意。」

(10)【和記李春告番禁　日本來打當買茶

夏茶今年大好計　那卜趁錢盡二下】p.54

作者註：「當」音/$toŋ^{3}$/，「當做」的意思。

「按，『當』音/$tŋ^{1}$/，作『正在』解，言李春靠洋人勢力，日人進襲，非但不懼，猶大舉買茶。」

(11)【通庄大小巢巢京　其實此情都無影

勸人閑話不可聽　秋秋塊念卜攻成】p.69

作者註：「秋秋」念，音/$ts^{h}iauʔ^{8}$ $ts^{h}iauʔ^{8}$/，就是一直無停在講。

「按『秋秋』念，正字不明，文獻通常寫作『孜孜』，音 /$tiu^{1}tiu^{1}$/，『屢屢』之意。」

歌仔冊寫法各異如：

【開嗶着要看時「恠」　春夏秋冬着愛分

着愛準札為根本　不通「丟丟」靴巢芸】

〈人生勸世歌〉陳玉安作詞日東天青唱片

【聽汝塊廣隻年愛　你不愛我「丟丟來」】〈新編棍門棍歌上下〉1936

(12)【那卜盡忠甲伊誅　百姓亦免即「六無」】p.72

「六無」，作者註：「六無」，殘卷寫作「六遇」，是「逐項攏無去hiah悽慘」的意思，根據「六無」寫作「六遇」，這點，「遇」字讀做「bu^7」。

「按，『六無』，在此句中，意思是『境遇悽慘循至一無所有』，的確是正解。但『音讀』應據『六無』作『$liɔk^8bu^5$』。

『六無』本是一句『台閩口語』習用詞，昔日慣說慣聞，就如問候語：『食飽未？』極普通，根本不勞費神作解釋。但現在台語沒落，今人已『不習古語』，就算查字典，亦難保不會【王氏家廟　看做土民豕朝】，難以得其確解。故藉此篇幅做義項解析及詞例敷衍，所謂『挽瓜求藤』，不為雜支蔓歧所惑，而能探其本源，詳其演義。筆者理想中之『辭典編纂』即是如此作法，並非參酌多部辭典，而後以當『剪黏師傅』為傲。

『六無』解析證據，有歌仔冊及《暢所欲言》用例、《台日大辭典》及《廈英大辭典》注例、連橫《台灣語典》、及劉建仁〈連氏台灣語典音讀索引〉[24]並『俗語』講法等，詳如下：」

①【一款乾家哭心婦　一款婦女哭丈夫
死體有个尋未有　實在有影真「六牛」】林文筆〈無情的大水〉1959

「六牛」，作「悽慘」解。

②【兄哥常常講阮有　我敢共哥你相輸
那有好花在娘厝　我娘騙哥算「六牛」】〈新編出外問路相褒歌〉1932

「六牛」，作「/hau^1siau^5/，說謊」解。

③【有个癮着蝦龜著　「秤汗」流甲歸身軀
鼻流瀾滴毒項有　食甲即款真「弱巫」】
〈新編修身治家歌〉陳清波編輯台北周玉芳書店發行1932

「弱巫」/$liɔk^6bu^5$/，在此當悽慘，可憐解。

④【因子乎汝做心婦　大漢飼聽着恰輸

---

24 《台北文獻》第10、11、12期合刊，台北市文獻委員會，1965。

敢廣卜去拜岳父　出著只號大「六牛」】

〈英台留學歌三〉竹林印書局出版

「六牛」在此當「/kʰɔŋ¹kʰam²/空戇，（笨）」解。

⑤【牽手娶來即咋久　不八看汝洗身軀

卜是物件罵臭穡　娶汝即款成「六牛」】

〈憑惲覽爛相格歌〉捷發漢書部出版

「六牛」在此當「了然」解，相當於華語「倒楣」。

⑥【乞食那有錢、半暝也甲伊困。果看汝卜死卜活、過嘴說會「六無」。】〈後嫖賦〉《改良暢所欲言》泉州郁文堂書局1922再版

「六無」，在此當「死絕」解。

⑦【「六無」小神仙，一斤八兩自己掀，辛苦病痛叫皇天。】

許龍宣《分類注釋泉州諺語選》泉州市文管會出版1986

「六無」，在此作「父母兄弟妻子」此六親皆無，無任何羈絆，自由自在之意。

⑧【「六無」：為詈人之辭。謂其為非作惡無六親也。】

連橫《台灣語典》卷二

「六無：liɔk⁸bu⁵」劉建仁音讀P334。

根據以上八例，有三種表音字：「六牛」/「六無」/「弱巫」。以聲母論：第三例雖作「弱巫」，但作者陳清波是大稻埕腔，「六/弱」聲母不分，日母歸柳。以韻母論：「六牛」，「牛」台灣海口泉腔「牛」讀/bu⁵/，可以確定本詞讀/liɔk⁸bu⁵/，「bu⁵」作陽平調，不作「bu⁷」陽去。

a.《台日大辭典》亦作「六無」/liɔk⁸bu⁵/，收三個義項：

1. 父母兄弟妻子六親不認：如「絕六無」/tsuat⁸liɔk⁸bu⁵/。

2. 愁困：如「錢若被伊跑去，你就六無」。

3. 罵語：六無姑（大）家，作「歹大家，（壞婆婆）」之意。

b.《廈英大辭典》作/liɔk⁸bu⁵/，當「六親不認」解。例：「絕六無」/tseʔ⁸liɔk⁸bu⁵/。

罵語：「六無人」/liɔk[8]bu[5]laŋ[5]/ー（泉州），不認親戚或朋友之無情人。

另有一口語詞「趁『無六水』錢」，此詞常出現在李天祿之布袋戲口白中，意思是「以不正當手段所得之錢財」，此一用法較接近《台日大辭典》第3例，若「無六水」是「六牛」/「六無」之另一種「詞義擴散」，則可知「六牛」在早期台語中是一個「常用詞」。

c.綜合上述用例，「六無」可得六個義項：

1. 困頓、悽慘、死絕、可憐：〈歌仔冊用例〉、《台日大辭典》。

2. 說謊：〈歌仔冊用例〉。

3. 愚笨：〈歌仔冊用例〉。

4. 了然：〈歌仔冊用例〉。

5. 惡劣：《台日大辭典》、《廈英大辭典》。

6. 六親不認：《台日大辭典》、《廈英大辭典》、《台灣語典》。

7. 無六親羈絆，自由自在：《分類注釋泉州諺語選》。

綜合上述可得兩項結論：

甲、音讀皆作「liɔk[8]bu[5]」，不存在方言差。

乙、無任何一部辭典可概括上述七個義項。

舉「六無」八例，足以提供辭典查索者，及有志編輯者作出可靠歸納：即單純將字詞「抽離語用環境」作解釋，且例句有限，或偏執一端，或根本不附例句，令使用者難以把握正確詞意，不是好辭典應有之「體例」。

詞彙及詞句是語法研究之核心，尤其是「一詞多義」。蓋字詞「語義」在活語言之「語用」時，或「詞彙」在「詞句」組合時，因「詞位」順序改變，而相應改變其「詞性」等現象。導致其「詞義」由「初義」衍生至「繁義」，其孳乳不僅是「近似」，更可以是「反義」。如作「六親不認」解，相對作「自由自在」解。因此本詞條之引據正可作辭典編輯之參考。

(13)【喬先當堂去對只　林買黨人去搶伊】p.77

「對只」，作者註：是「對指」假借。不對！

「按『對只』應作『對質』，『質』有入聲音/tsit[4]/，用於『事物之本質』，如『物質』/but^{8}tsit^{4}/。有陰去聲/tsi^{3}/，動詞。用於『以言語責人』，或『以言語互駁』，或『質押』、『對質』。本句屬後者。

今華語『質[25]』亦有兩個聲調，陽平調用於『物質』，陰去調用於『人質』。

但何以上去聲唸『只』？只有一解，即編歌者之調值陰去聲讀『中降調』，對『只』等於對『質』，符合此種調型者非三邑腔莫屬！」

(14)【那無頭人出來罵　世事恰大咸丰三

日本个兵賢排陣　陣圖百姓看不真】p.79

作者註：「咸丰三」指咸豐三年天地會事件，可疑！

「按，台灣人通常『咸豐三』指『頂下郊拚』，不是天地會事件，俗語『咸豐三講到今』即指三邑及同安車拼之事件而言。」

(15)【有人偷去探行情　返來那想就那吟】p.83

作者註：「吟」字假借，「熱心冷去」的意思，此解不確！

「按，『吟』字應是『凝』之表音字，音/giŋ^{5}/，心頭鬱結也。/iŋ/韻亦符合此句韻腳。」

(16)【看見火車來到只　詹振點兵去征伊】p.92

作者註：「只」作者說文獻查無如此用法，可能為押韻而湊用。

「按來到只，南管極常用，編者只是沿襲傳統，非因湊韻而用。例如南管曲：〈心頭恨．長滾〉誰思疑阮一身來到『只』。」歌仔冊〈最新文武狀元陳白筆新歌上、下〉宣統三年（1911），亦有「來到只」一詞。

【賢妻為着乜事志　因何落難「來到只」】

又，〈最新番平歌全本〉宣統己酉年（1909）

【今日一身「來到只」無親無策（戚）可倚邊】

---

25 「質」字華語音見《國語日報破音字典》p.896，國語日報出版，1988。

4. 陳姿听[26]

4.1 〈少年男女挽茶相褒歌〉中有一例：iann/ann

【舊年返來帶坪林（lann⁵），那無挽茶共做衫（sann¹）；家中那阮母仔子（kiann²），萬項著阮一肩挑（tann¹）】B74

作者以「子」音/ kiann²/，以致與其他三個韻腳字介音不符，而論斷是iann/ann通押型，誤判。

「按，『子』在坪林音/kann²/，無介音，安溪腔。與『林，衫，挑』，三字叶韻。」以下舉一例以資佐證：

【少年「子」死真胡徒　三更半夜來戲奴】〈潘必正陳妙常情詩〉木刻板

「『子』死」，是「『敢』死」，之表音字，「子」音「敢」/kã/，三韻。泉腔。

4.2 〈茶園挽茶相褒歌〉中有一例：am/iam

【不識扒山足成慘（cham²），拔甲褲底煞庵針（ciam¹）
人阮一日想甲暗（am³），想卜甲娘打笑談（tam⁵）】F10

陳文：以「針」音/ciam/，以致與/am/韻介音不齊，陳文有誤！

「按，本句以『庵針』作『腌臢』之表音字，以華語來說，意思是骯髒。庵針『腌臢』是泉州話特有詞，是熟語，音/am¹tsam¹/，不聞有音/am¹tsiam¹/ 者。所以『針』音/am/是泉音，是筆者所稱之『定腔詞』。在本句之『茶園挽茶』情境中，應推斷為『安溪腔』。」

舉一例以為佐證：

【覽爤查某真是慘　出門不怕腳帛淡

---

26 陳姿听，《台灣閩南語相褒歌類歌仔冊語言研究—以竹林書局十種歌仔冊為例》，國立新竹師範學院台灣語言與語文教育研究所碩士論文，2002。

不時頭毛格「毿」「毿」三百六日不擛針】〈最新覽爛歌〉全本1909

定韻字「慘/淡/『毿』」，定腔字「針」/tsam¹/。三韻。

4.3 〈黑貓黑狗相褒歌〉中有二例：e/ue

【黑貓把起斬甲禮（le²），共我打淡歸雙鞋（ue⁵）

僥倖質著腳瘡胚（phue²），那去尋無著加衰（sue¹）】I37

陳文以「禮」音（le²），以證明e/ue可通押，有誤！

「按，在本句中『禮』，是作『詈』之表音字，漳音/le/，泉音/lue/，『禮』字，在本句屬泉腔音/lue/，與其他韻字相叶韻，毫無疑義。無e / ue，通押問題。

詳見『漳泉音衍生字』六.（一）.2.5」

以下舉竹林書局1971　〈乞食開藝旦歌〉一句為例：

【為汝洋樓我即買　銀票歸只由汝提

見著我面共我「禮」　塊汝一辦也卜衰】

句中定韻字是「衰」，杯韻/ue/。定腔字是「買/提/禮」，「提」音/tʰueʔ⁸/，「禮」，作「詈」之表音字，泉腔，四個韻腳字皆是合口音。

4.4 〈三國相褒歌〉中有，i/ui

【三國華陀是神醫（i⁵）　孔明三次收姜維（ui⁵）

蛤娘一人一鄉里（li²）汝來有存去有時（si⁵）】A25

陳文：姜「維」音注（ui⁵），以致與韻腳字（i⁵）不叶。

「按，『維』漳音 /ui⁵/，不錯，但泉音不讀/ui⁵/，而唸/ i⁵/。所以『維』字是『定腔字』，因為『維』字，得以將本句斷定是『泉腔』，並無/i/，/ui/不叶問題。」

以下舉一例以明之：

【蟋蟀出世哮吱吱　孔明用計收姜維

恰早一時失主意　所以蛤娘汝格氣】〈最新生相歌〉廈門會文堂1924

定韻字「吱/意/氣」，基韻/i/，「姜維」，泉腔。

關於陳姿听文，僅舉以上四例，目的在於申明：辨別「方音歸屬」是歌仔冊語言探究之基礎。若原始資料有偏差，在做「押韻型態」統計時，必然會影響結果之正確性。

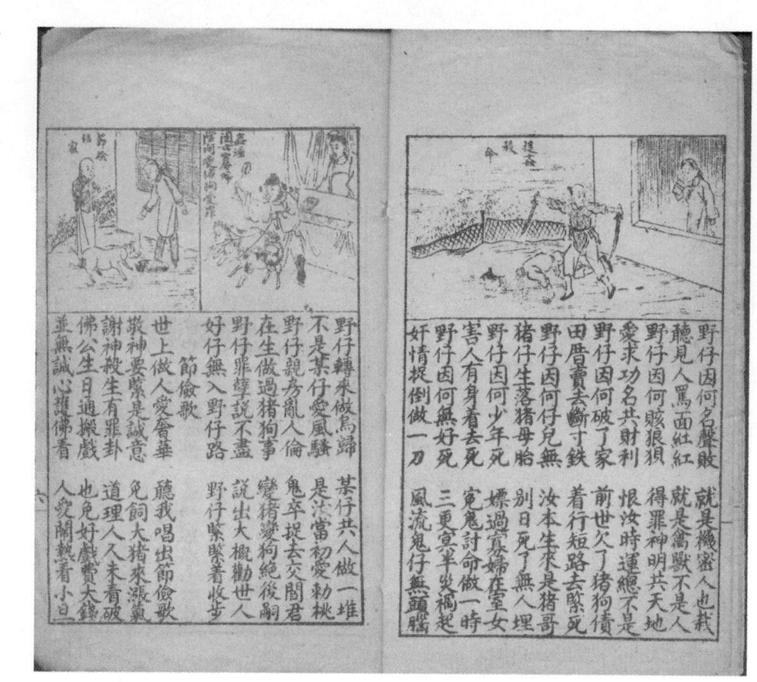

野仔因何名聲敗　就是機密人也裁
聽見人罵面紅紅　就是禽獸不是人
野仔因何賅狼狽　得罪神明共天地
愛求功名共財利　恨汝時運總不是
野仔因何破了家　前世欠了猪狗債
田厝賣去斷寸鉄　着行短路去緊死
野仔因何仔兒無　汝本生來是猪哥
猪仔生落猪母胎　別日死了無人埋
野仔因何少年死　嫖過寡婦在室女
害人有身着去死　寃鬼討命做一時
野仔因何無好死　三更冥半災禍起
奸情捉倒做一刀　風流鬼仔無頭髗

野仔轉來做烏歸　某仔共人做一堆
不是某仔愛風騷　是汝當初愛勅桃
野仔親房亂人倫　鬼卒捉去交閻君
在生做過猪狗事　變猪變狗絕後嗣
野仔罪孽說不盡　說出大概勸世人
好仔無入野仔路　野仔緊着收步

節儉歌

世上做人愛奢華　聽我唱出節儉歌
敬神要緊是誠意　免飼大猪來漲氣
謝神殺生有罪卦　道理人人未看破
佛公生日通搬戲　也免好戲費大錢
並無誠心護佛看　人愛鬧熱着小旦

十　歌仔冊再出帆

歌仔冊對於台閩語語言學研究之意義

本文以第四章、「歌仔冊之音詞型類」，第五章、「歌仔冊之押韻形式」，第六章、「歌仔冊方言及次方言定位法」，第七章、「方言比較」此四章，管窺歌仔冊之語言現象，並理出部分語言規律。但歌仔冊是台閩語之「四庫全書」，是一百八十年「庶民語言總集成」，放眼世界，罕聞有如此龐大之「基層語料庫」。本文之初步觀察，可能僅是歌仔冊所蘊藏之一小部分而已。

若能將所有歌仔冊做一總整理：如本文所擬之步驟，從書目彙整，版本比對，音詞探究，至逐字逐句作注音，作考釋，確立方言聲腔，最終完成「歌仔冊文庫叢刊彙編」，俾使千外種，三千本之歌仔冊得以廣為各界自由研讀、利用、究勘，則將是繼吳守禮教授《荔鏡記戲文》系列研究之後，台灣最重大之文化建設工程。何人有此雄心壯志？

靜待下回分解。

附　錄

附錄一〈新選笑談俗語歌〉全文，自藏道光辛丑年新鐫1841

1. 一出門　雨漂漂　大仔啼　小仔帶　風騷審
2. 去值處　門開之（開）　我來尋　我坏（壞）　呵「阿」　都是介
3. 死鬼仔　振不丕　拙惡見　來只處　今是食
4. 呵是未　我煎茶　我起火　我崎椅　請介坐
5. 莫魯力　不用坐　有乜話　罔來說　又一年
6. 目戍拍　介總妙　不使說　恁年兜　吹几塊
7. 通說伊　做家伙　總罔食　好之（好）貨　不照恁
   年年吹　十甑龜　八甑粿　亦縳粽　亦煎柊「柊」
8. 煎个煎　焙个焙　公一塊　婆一塊　大小仔
9. 提相賽　恁好命　連疊胎　大生日　小度歲
10. 一英仔　下（卜）滿月　袂驚瘋　袂著病　好邀降
11. 無恁維　引嬸（嬸）恁　落值月　到只處　生几胎
12. 總快便　不使說　通說阮　死老貨　抬「拾」所年
13. 無相尋　亦一（下）佛　亦拔課　無祀（嗣）公　下傀儡
14. 池頭媽　排燈賽　買三牲　故（做）龜粿　天面前
15. 一百踝（課）　有不著　都改過　阮厝邊　落姊妹
16. 一齊來　共伊說　于（千）亦催　万（萬）亦催　嫌叫阮
17. 臭蘆薈　阮思量　上南街　芸香堂　買香袋
18. 素香花　滿州髻　買胭脂　挨唇皮　打水粉
19. 白如雪　粧起來　乜調啄　又共伊　做若科「笑科」
20. 做伊面　看別處　印（應）一聲　莫來掇　目反白

21.叫苦痛　乞厝邊　落姐妹　看一見　就相說
22.八死長　八死短　秋九溜　折面皮　面頂水
23.滴几回　小仁人（少年人）　不通說　一冥夜　房內坐
24.暗苦切　思行短　剩陳（承塵）上　挂傀儡　一條索
25.軟噪噪　拔落來　做几塊　撞一下　流白瀑
26.血包心　結成塊　昏了昏　死几過　險无（無）命
27.就了絕　袂做聲　无（無）話說　臭瘟病　也瘟遭
28.袂刈捨　來只處　因老母　驚厥厥　變「遍」身悌
29.棕（鬃）頭髻　謹打緃　頭到尾　請先生　內外科
30.沛（派）藥貼　久陳皮　杞桃芒（核桃芒）當歸尾　沉香未（末）
31.木香塊　酒紅花　醋春皮　加童便　文武火
32.煎滾滾　立刻坐　阮外家　在溪尾　探听知
33.就來尋　過几冥　中秋月　手神如（拜神姐）　全頭說
34.只大志　七「乜」天禍　一查某　叫姓郭　因長大
35.做家和　因男仔　賣柴破　翁卜扁　某卜瀑
36.无（無）食飯　假印（應）氣　无（無）穿衫　假調啄　查厶仔
37.做滿月　燒床母　吹（炊）糖粿　做月內　不食粥
38.専（秈）飯　三飡（餐）吹（炊）　當破裘　賣破被　借天倿
39.賒物配　討久請（討人情）　相踏尾　天之（ㄅ）禮　大之（ㄅ）塊
40.攄人等　攄人坐　亦不孝　亦俐螺　罵兄嫂
41.打小妹　惡沛利　真無賽　乾家死　未一月
42.簸箕鼓　札（禮）几過　脫腳帛　代通金　拖鐵銚
43.鄉里頭　街路尾　札（禮）罵話　捷飛飛　人看見
44.六毒火　許一年　七月尾　因許厝　放煙火
45.亦有戲　抽傀儡　表子娼　使目尾　連戌目
46.二三次　相叫翁　相連掇　墻腳邊　壁頭尾
47.人看見　不敢說　別人叫　走飛飛　不痛阮

48.使暗行　无（無）聲說　阮靜靜　只處坐　溫（搵）刺油
49.沫（抹）阮髻　死人毒　入骨髓　獺吾「癥」手　亦袂科（瘸）
50.今終世　臭蘆薈　呵惱阮　嫁好處　恁官人
51.富吹螺　三飡食　好物配　好乾味　海參肋
52.香菰螺　好柴火　龜疊（粑）　糕疊粿　魚共鱟
53.大母尾　好醬料　几力「礴」（鍋）　雞鵝鴨　四界飛
54.豬腳圈　禾（朮）米粥　煮點心　三五過　獨睡床
55.甲錦被　綗紗巾　白綾袜　綠膝褲　結糸柸
56.綉弓鞋　三寸短　一双腳　細無賽　慢慢行
57.障調啄　衣食事　無欠缺　恁官人　月月月
58.見恁面　雲開月　親像恁　白如雪　通說伊
59.向碢螺　三飡食　泇（濿）粥　動一著　大枝柄
60.無罪靠（過）　打几回　不本分　不沛柸（派胚）　不痛阮
61.不通說　別人叫　走飛飛　上街去　買物配
62.買醉蝦　十所尾　�燒酒　做伊配　阮愛食
63.不敢說　假無意　去偷抛（帕p^he^3）　伊看見　就搶奪
64.擲落地　據圭（雞）啄　值一文　暗几賠（倍）　三碟龜
65.二碟粿　三暖砵　二鐵銚　吞心肝　獨自配
66.（哧）唧嚾　無一塊　反甲伊　著買音（賠）　做伊臨
67.嶢腳坐　霜風天　寒獗獗　風爐火　失「熄」几過
68.一句話　罔處螺　一（碅）粥　冷漂漂　三嘴把「扒」
69.二嘴砌（啜）　吞一了　一嗝獗（呋）　假袂顧　捒處坐
70.叫煎茶　叫起火　叫阮悌　肚臍尾　不成種
71.那許處　牽阮手　摸伊貨　許身下　撓飛飛
72.甲伊撻　大母个　阮莫撻　是七（乜）貨　做阮面
73.起別處　醉朦朧　四界尋　不使摸　亦知處
74.抱一著　強強卜　共伊說　阮行月　阮未不

75.伊未卜　長囉囉　伊叫短　一氣濫　亦不退

76.變若（笑）形　做苦（笑）科　虎落山　龍擺尾　鯽魚岸

77.鯉魚灘　驢捨按（鞍）　善人權　樟（蟋）坐　螳螂飛

78.都做過　落一去　汁那賽　淡迦迦　蛄（粘）漷漷

79.十種屑　障多波　臭青（腥）味　碌灰灰　洗三日

80.亦袂退　乜洩「疳」　卻腳使　伊叫好　阮叫呆

81.拔出來　硬袂退　乜心肝　思別處　番（翻）一身

82.轉一過　按後路　硬硬卜　只處起　病就到

83.一个嘴　嘔嘔喇　百般病　一時到　喇袂坐「止」

84.是乜貨　今吐血　大母塊　紅泡泡　永袂退

85.請先生　來到處　按伊脈　散飛飛　內傷症

86.惡醫退　沛（派）藥數　蘇陳皮　琵琶葉　藕札塊

87.富歸身　去頭尾　川貝母　入柿粿　正燕荷（窩）

88.圭公髓　生仔膿（胘）　取頭胎　秋石丹　煉屎尾

89.之了屑　都食過　氣上升　永袂坐　無几時

90.就過處　因兄弟　死袂絕　笑嘻嘻　看伊過

91.說叫伊　風水尾　愛伊死　占家伙　共伊說

92.爾短命　恁兄弟　無好貨　尒那死　阮過處

93.只仔英（嬰）　即滿月　（彷）被裙　洗屎袋　烏子英（嬰）

94.卻田螺　水深深　袂得過　只子英（嬰）　母在處

95.帶去嫁　人煩惱　做后父　無好貨　日午勞

96.著煮粥　那有閑　即來坐　恁後門　借阮過

97.阮去下　恁那處

道光辛丑年新鐫

新選笑談

俗語歌

俗語歌

一出門
去值處
死鬼仔
呵是未
莫會力
日成拘
過說伊
年〻吹
煎个煎
提相賣
一英仔

雨漂漂
門開之
振不丕
我煎茶
不用坐
尔揔妙
做家伙
十甑軀
焙个焙
恁好命
下滿月

大仔啼
我來尋
扯惡見
我起火
有乜話
不使說
揔罔食
入甑粿
公一塊
達胥胎
袂驚瘋

小仔帶
我坏呵
來只处
我嵪椅
罔來說
恁年兇
好之貨
亦縛粽
婆一塊
大生日
袂着病

風騷寄
都是尔
今是食
請尔坐
又一年
吹几現
不照恁
亦煎悠
大小仔
小度[illegible]
好邀遊

無恁維
綿快便
無相尋
池頭媽
一百踝
一齊來
臭蘆薈
素香花
白如雪
做伊面
叫苦痛
八死長

引嬌恁
不使說
亦一佛
排燈賽
有不着
共伊說
阮思量
滿州髻
粧起來
看別处
乞厝迹
八死短

落倘月
通說阮
亦拔課
買三牲
都敀过
于亦催
上南街
買胭脂
乜調喙
印一声
落奴妹
秋九瀏

到只處
死老貨
無祂公
故龜粿
阮厝迹
万亦催
芸香堂
掞脣皮
又共伊
薁来掇
着一見
折面皮

生凡胎
拾所年
下偲個
天面前
落奴妹
嫌叫阮
買香袋
打水粉
做若科
目反白
就相說
面頂水

滴几回
暗苦切
軟噪〻
血包心
就了絕
呋刈捨
捺頭髻
沛藥貼
木香塊
煎滾〻
就來尋
只大志

小仁人
思行短
拔落來
結成塊
袂做声
来只处
謹打粽
久陳皮
酒紅花
立刻坐
過凡冥
七天禍

不通說
剩陳上
做几塊
昏了昏
死話說
困老毋
頭到尾
枇桃芊
醋春皮
阮外家
中秋月
一查某

一冥夜
挂偲偏
撞一下
死凡过
臭瘟病
驚癥〻
請先生
當归尾
加童便
在溪尾
手神如
叫姓郭

房內坐
一陰索
流白濕
險死命
也瘟適
变身悌
内外科
沆香未
文武火
探所知
全頭說
囡長大

做家和 因男仔 賣柴破 翁卜扁 某卜湯
无食飯 假印氣 无穿衫 假調家 查々仔
做滿月 燒床母 吹糖粿 做月內 不食粥
專粬飯 三食吹 當破裘 賣破皺 借天伐
賒物配 討久請 相踏尾 天之礼 大之嵬
擽人等 拟人坐 亦不孝 亦俐螺 罵兄嫂
打小妹 惡沛利 真無賽 乾家死 未一月
鏡箕鼓 扎几过 脫脚帛 代通金 拖鉄銚
鄉里頭 街路尾 扎罵話 捷飛々 人看見
六倚火 許一年 七月尾 因許厝 放烱火
亦有戲 抽傀儡 表予娟 使目尾 連戍目
三三次 相叫翁 相連掇 墻脚迹 壁頭尾

人看見 不敢說 別人叫 走飛々 不痛阮
使精行 无声說 阮靜々 只处坐 昌刺油
沫阮詧 死人壽 入骨髓 癩吾手 亦袂料
今終世 臭芦荟 呵惱阮 嫁好處 恁官人
富吹螺 三食食 好物配 好乾味 海参肋
香菰螺 好柴火 龜盈炮 糕叠粿 魚共蓊
大母尾 好醬料 几力碼 雞鵝鴨 四界飛
猶脚圈 禾米粥 煮点心 三五过 獨轆床
甲錦被 綢紗巾 白綾綵 緑膝褲 結条極
綉弓鞋 三寸短 一双脚 細無賽 慢々行
障調嫁 衣食事 無欠鉄 恁官人 月々月
見恁面 雲開月 親像恁 白如雪 通說伊

向彌螺 無罪靠 不通說 買醉蝦 不放說 擲落地 二碟粿 嗦卿藿 嬈脚坐 一句話 二嘴呦 叫煎茶 那許遲

三飡食 打几回 別人叫 十所尾 假無意 抛圭啄 三睽咏 無一堄 霜凨天 閑處螺 吞一了 叫起火 牽阮手

加懸粥 不本分 走飛く 焗嬈酒 去偷抛 値一文 二鉄銚 反甲伊 寒瀕く 一嘔粥 一吰擨 叫阮脾 漢與貨

勤一着 不洧極 上街去 做伊配 伊看見 暗几賠 吞心肝 着買音 風炉火 冷漂く 假袂顧 胜脐尾 許身下

大枝柄 不痛阮 買物配 阮愛食 就搶奪 三諜龜 独自配 做伊嗡 失几過 三嘴把 掷蕩坐 不成搥 據飛く

甲伊捷 起別處 抱一着 伊来卜 爽若形 鯢魚灘 都做過 十種屑 亦袂退 拔出来 轉一过 一个嘴 是乜貨

大母个 醉睽朧 強く卜 長囉く 做苦科 駒拾挨 落一去 障多波 乜浅痞 硬袂退 按後路 嘔く喇 今吐血

阮莫糖 四界尋 共伊說 伊叫短 虎落山 善人權 汁那賽 臭青味 却脚使 乜心肝 硬く卜 百瘢病 大母堁

是乜僨 不使摸 阮行月 一気溢 苍摆尾 擇燈坐 淡迦く 球灰く 伊叫好 思别处 只处起 一时到 紅泡く

做阮面 亦加處 阮未不 亦不是 鄉魚岸 螳蜘飛 姑澚く 洗三口 阮叫呆 酱一身 病就利 喇鉠坐 永泆退

請先生
惡医退
富歸身
主公髓
之了肩
就過處
說叫伊
爾短命
只仔英
却田螺
帶去嫁
着煮粥
沉去不

来到処
沛藥數
去頭尾
生仔脉
抑食過
因兄弟
風水尾
恁兄弟
即滿月
水深深
人煩惱
所有閑
恁卯處

按伊脉
蘇陳皮
川貝母
取頭胎
氣上升
死袂絕
愛伊死
無好貨
妨被語
袂得過
做后父
即來坐

散飛々
琵琶葉
入補粿
秋石丹
承袂坐
笑嘻々
占家伙
你那死
洗屎袋
只了英
無好貨
恁後門

內傷症
藕扎塊
正燕荷
悚屎尾
無几對
看伊過
共伊說
阮過處
鳥了英
毋在處
日午勞
借阮過
修

附錄二 〈最新十二碗菜歌〉 廈門：會文堂書局發行

1. 一塊員棹排出去 各位酒杯甲牙著 全棹崩盤甲燒豬 赴請人客蛤紳士
2. 員棹閣罩白棹巾 有罩棹巾恰斯文 圭鴨奧爛著先君 圭湯提來配魚唇
3. 棹今排好謹夯椅 交椅毒塊是宣芝 椅杆閣有刻花字 也刻仙女送孩兒
4. 謹叫菜館排棹面 閣排生花真巧神 崩盤四碟件件新 各位瓜只甲杏仁
5. 也排桔汁共烏醋 甘蔗錫皮甲切科 皮旦過炸即不烏 洋豆圭肉配豬肚
6. 湯匙著掛湯匙座 瓜只加買即賣無 一棹排到好好好 下方小娘赴請哥
7. 吩咐總舖湯著清 芋哞阮卜換杏仁 碗盤共阮拴恰新 人客看了會出神
8. 半棹點心用芋棗 一半包麻一半無 尾碗點心千重糕 不通箱甜即有好
9. 各項有共恁交代 汝有聽見就會哉 人客小停就巢來 不通乎人食嫌呆
10.燒豬著燒恰大隻 大隻即恰有通食 肉皮著燒恰到赤 到赤搥皮即有額
11.魚刺醋著會記倒 食了即賣嫌臭操 毒碗共阮煮伊好 下日卜閣辦一棹
12.湯頭照顧門好鹽 即免食去乎人嫌 那是乎人嫌歐仙 汝就共我提無鮮
13.房間赶謹來整理 差人去買勿蘭池 麥酒加買廿四枝 一打小銀四元二
14.所在格到真是沛 謹買香煙長城牌 長城个煙野賣呆 會曉食煙伊就哉
15.人客未來謹去請 請伊恰謹勉強行 阮無腳手伊知影 不通乎阮閣再行
16.人客相招眾弟兄 赶到阮兜來開廳 厝邊个人盡知影 通人呵咾好所行
17.人客歸陣行赴到 行到倚治阮門口 知影即間是阮兜 一个一个扒上樓
18.阮今赶謹請伊坐 謹謹雙手請食茶 即共眾人叫失禮 念阮腳手無最个
19.腳手無最阮都哉 即有諒早加己來 禮數即教卜省代 不是生份免舖排
20.阮無客氣即有來 我个人款汝所哉 汝我都是相意愛 朋友即有即最來
21.哉汝做人好所行 那無不敢卜請兄 大家都是相哉影 知汝賣嫌即不京
22.同行一陣十外人 煙盤捧乎阮邊弄 鴉片煞買一錢重 不知通燒野不通
23.煙盤阮今謹來捧 捧來乎恁通邊弄 磚棚來燒恰無蚊 咱有報牌無省空
24.咱有去報特別牌 我今來學燒看埋 就乎看見無省代 獻光不免京人哉

25.我叫總舖伐落便　喝聲卜食即免延　另外加煮一碗燕　乎兄食看有新煙
26.棹今叫伊順煞開　招呼朋友來坐位　阮著蛤汝坐相對　即賣大家則歸堆
27.所在箱小恰呆世　望恁代念阮一个　麥酒賣醉那食茶　實在對恁真失禮
28.駕即客氣省何因　阮也無袋不哉恁　隨隨便便無要謹　不通想到即認真
29.手欅米酒有一枝　請恁列位眾兄弟　粗菜騙嘴一點意　大家不通赴客氣
30.阮無客氣即有來　我个人款汝所哉　汝我都是相意愛　朋友即有即最來
31.頭碗出來是正燕　正燕燒燒敢無煙　阿君面前看現現　一碗食了結姻緣
32.正燕大盞配杏仁　甜甜食了真正清　娘汝有念相好情　阮有趁錢分汝用
33.二碗出來加里圭　無物請兄恰失倍　阿君卜食食伊最　這碗食了結夫妻
34.加里圭肉焄真爛　便宜好食真有盤　哉娘甲阮同心肝　調來共娘恁做伴
35.三碗出來冬菜鴨　這碗氣味有恰差　阿君卜食食伊飽　即袂乎人看五腳
36.冬菜煮鴨氣味嬌　專專是骨真孝哨　娘汝賢廢有（軡）（齉）
到尾大家無相僥
37.四碗出來炒蝦仁　蛤兄食了恰有親　那無棄嫌卜做陣　生理頭路著認真
38.蝦仁炒來真正香　透底蝦仁無別項　汝兄不是擋戇人　生理我是做會動
39.五碗出來毛孤肚　毛孤煮到爛糊糊　這碗甲人按盞步　菜館總舖即糊塗
40.毛孤罐頭本然爛　三八總鋪袂曉看　干干無食了一碗　問因頭家卜按盞
41.六碗出來炒肚占　這碗煮來門好鹽　菜館總舖有高點　即碗食來無犯嫌
42.肚占食了野是嘴　專專閣是無灌水　可惜即俊（陣）無召虽（芫荽？）
卜有食了野恰對
43.七碗出來是燒豬　中央一盤紅燒魚　列位朋友請起箸　燒豬食了通食魚
44.燒豬燒了也久赤　揑皮大塊甲好食　這隻豬仔野大隻　那無那有即有額
45.八碗出來是崩盤　中央一碗燒豬肝　嘴今塊食目塊看　阿君不通僥心肝
46.豬肝有人叫干花　一碗滿滿真正最　阿娘个人真賢廢　省人僥心著連回
47.九碗出來鮑魚肚　鮑魚切到即大柯　即粗叫人按盞步　總舖寔在真無普
48.鮑魚本港是賣呆　切箱大柯即有鮲　好鱟刣到煞潛屎　煮到這辦真不該
49.十碗出來是封圭　封圭焄到爛蛙蛙　卜食著用湯匙底　菜館總舖賣曉衰

50.圭肉無味咱莫按　食湯野恰有字眼　今日好命們（問）著咱
那無提錢就為難
51.十一出來是水晈　一碗乎兄食賣夭　呵君卜食食伊了　即賣乎人笑衰哨
52.水晈做了野賣呆　我看免食代先哉　不信汝來共食埋　那是無好汝即太
53.十二出來洋旺梨　即碗清甜敢賣呆　那無嫌阮呆所在　大家著閣相招來
54.旺梨食了罐頭味　四過个目刻無離　阿娘蛤阮那有意　阮卜店者不返去
55.尾碗包仔千重糕　這碗出來完全無　卜折一塊八仙棹　卜留一个貼心哥
56.列位朋友代先行　阿娘下方卜留兄　打算恁看罵知影　失陪乎恁加己行
57.共恁二人說多謝　阮今來去汝店者　差人共阮叫拖車　阮卜來去九謜崎

最新十二碗菜歌
廈門會文堂
發行

最新十二碗菜

會文書局出板

一塊員棹排齊去 各位酒杯甲牙箸 全棹崩盤甲燒猪 赴請人客蛤紳士

員棹閣罩白棹巾 去罩棹巾恰斯文 圭鴨異爛着先煮 圭湯提來配魚唇

棹令排好謹分椅 交椅毒塊是宣芝 椅杆閣有刻花字 也刻仙女送孩兒

謹吁菜館排棹面 閣排生花真巧神 崩盤四碟件件新 各位瓜只甲杏仁

也排桔汁共鳥醋 甘蔗錫皮鹵切科 皮旦過炸即不鳥 洋豆圭肉配猪肚

湯匙着掛湯匙座 瓜只加買即會無 一棹排到好好好 下方小娘赴請哥

吩咐總舖湯着清 芋呼阮卜換杏仁 碗盤共阮拴恰新 人客着了會舌神

半棹点心用芋叄 一半包蘇一半無 尾碗点心十重糕 不通稍甜即有好

各項有共送交代 汝有听見就會哉 人客小停就巢來 不通乎人食嫌呆

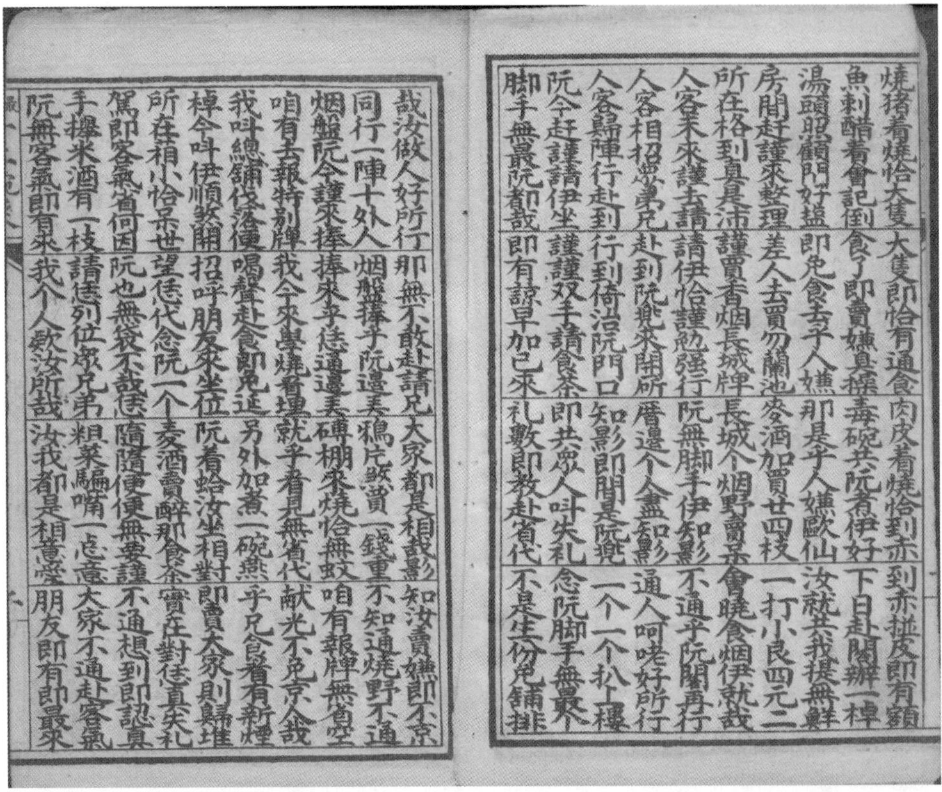

燒猪着燒恰大隻 大隻卽恰有通食 肉皮着燒恰到赤 到赤摱皮卽有額
魚刺醋着會記倒 食了卽賣嫌臭臊 毒碗共阮煮伊好 下目赴閒辦一棹
湯頭照顧門好盐 卽免食去乎人嫌 那是乎人嫌歐仙 汝就共我提無鮮
房間赶謹來整理 差人去買勿蘭池 麥酒加買廿四枝 一打小良四元二
所在格到真是沛 謹買香烟長城牌 長城个烟野賣呆 會曉食烟伊就哉
人客未來謹去請 請伊恰謹勉強行 阮無脚手伊知影 不通乎阮閒再行
人客相招衆弟兄 赴到阮兜來開所 層邊个人盡知影 通人呵咾好所行
人客歸陣行赴到 行到倚沿阮門口 知影卽閒是阮兜 一个一个扒上樓
阮今赶謹請伊坐 謹謹双手請食茶 卽共衆人呌失礼 念阮脚手無㝡夥
脚手無㝡阮都哉 卽有諒早加己來 礼數卽教赴省代 不是生份兄鋪排

哉汝做人好所行 那無不敢赴請兄 大家都是相哉影 知汝賣嫌卽不京
同行一陣十外人 烟盤捧乎阮邊美 鴉片紙買一錢重 不知通燒野不通
烟盤阮今謹來捧 捧來乎恁邊邊美 磚棚來燒恰無蚊 咱有報牌無省空
咱有去報特別牌 我今來學燒膏壇 就乎看見無省代 献光不免京人哉
我呌總舖侈落便 喝聲赴食卽免延 另外加煮一碗燕 乎兄食着有新煙
棹今呌伊順煞開 招呼朋友來坐位 阮着蛤汝坐相對 卽賣大家則歸堆
所在相小恰呆世 望恁代念阮一个 麥酒賣醉那食茶 實在對恁真失礼
駕卽客氣省何因 阮也無袋不哉恁 隨隨便便無要謹 不通想到卽認真
手擇米酒有一枝 請恁列位衆兄弟 粗菜騙嘴一点意 大家不通赴客氣
阮無客氣卽有來 我个人歟汝所哉 汝我都是相意愛 朋友卽有卽㝡來

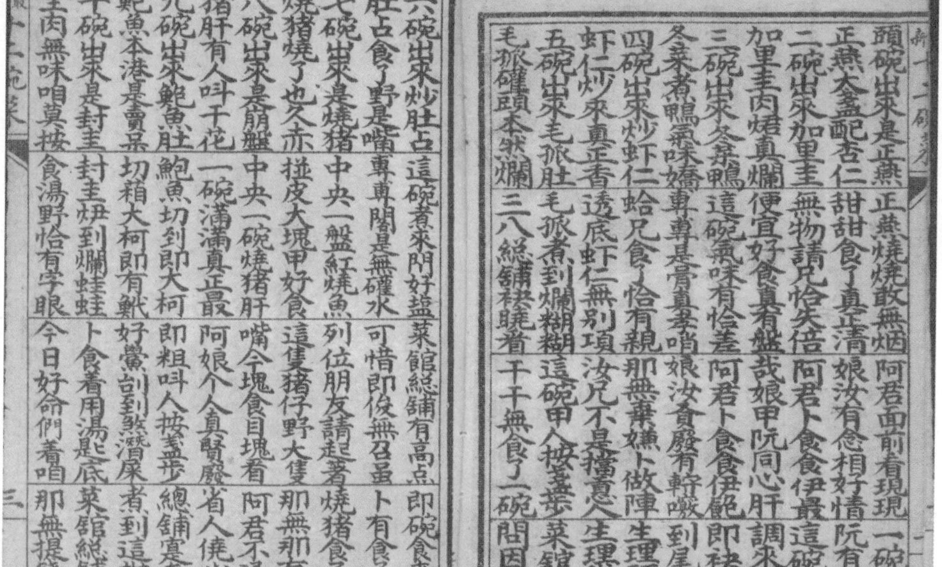

頭碗出來是正燕 正燕燒燒敢無焻 阿君面前看現現 一碗食了結姻緣
正燕大盞配杏仁 甜甜食了真正清 娘汝有念相好情 阮有趁錢分汝用
二碗出來加里圭 無物請兄恰失倍 阿君卜食食伊最 這碗食了結夫妻
加里圭肉焐真爛 便宜好食真有盤 哉娘甲阮同心肝 調來共娘徒做伴
三碗出來冬菜鴨 這碗氣味有恰差 阿君卜食食伊飽 即袂乎人看五腳
冬菜煮鴨氣味嬌 尊尊是膏真孝哨 娘汝貪廢有轎嗷 到尾大家無相僥
四碗出來炒虾仁 蛤兄食了恰有親 那無棄嫌卜做陣 生理頭路着認真
虾仁炒來真正香 透底虾仁無別項 汝兄不是擋意人 生理我是做會動
五碗出來毛孤肚 毛孤煮到爛糊糊 這碗甲人接盞步 菜館總舖即糊塗
毛孤罐頭本來爛 三八總舖袂曉着 千千無食了一碗 閻困頭家卜接盞

六碗出來炒肚占 這碗煮來阿好鹽 菜館總舖有高点 即碗食來無犯嫌
肚占食了野是嚐 尊尊閣是無礶水 可惜即俊無召虽 卜有食了野恰對
七碗出來是燒猪 中央一盤紅燒魚 列位朋友請起著 燒猪食了通食魚
燒猪燒了也又赤 搓皮大塊甲好食 這隻猪仔野大隻 那無那有即有額
八碗出來是崩盤 中央一碗燒猪肝 嘴含塊食目塊看 阿君不通僥心肝
猪肝有人叫千花 一碗滿滿真正最 阿娘个人真賢廢 省人僥心着運回
九碗出來鮑魚肚 鮑魚切到即大柯 即粗叫人接盞步 總舖寔在真無普
鮑魚本港是賣呆 切箱大柯即有鮲 好黨刣到煞潸屎 煮到這辦真不該
十碗出來是封圭 封圭㶶到爛蛙蛙 卜食着用湯匙底 菜館總舖會曉買
圭肉無味咱莫接 食湯野恰有字眼 今日好命們着咱 那無提錢就為難

三

十一出來是水皎　一碗乎兄食賣夭　呵君卜食食伊了　即賣乎人笑良哨
水皎做了野賣呆　我着免食代先哉　不信汝來共食埋　那是無好汝即太
十二出來洋旺梨　即碗清甜敢賣呆　那無嫌阮呆所在　大家着閣相招來
旺梨食了礶頭味　四邊个目刻無閑　阿娘蛤阮那有意　阮卜店者不返去
尾碗包仔千重糕　這碗出來完全無　卜折一塊八仙棹　卜留一个貼心哥
列位朋友代先行　阿娘下方卜留兄　打算恁着罵知影　失陪乎恁加己行
共恁二人說多謝　阮今來去汝店者　差人共阮叫拖車　阮卜來去九諒崎

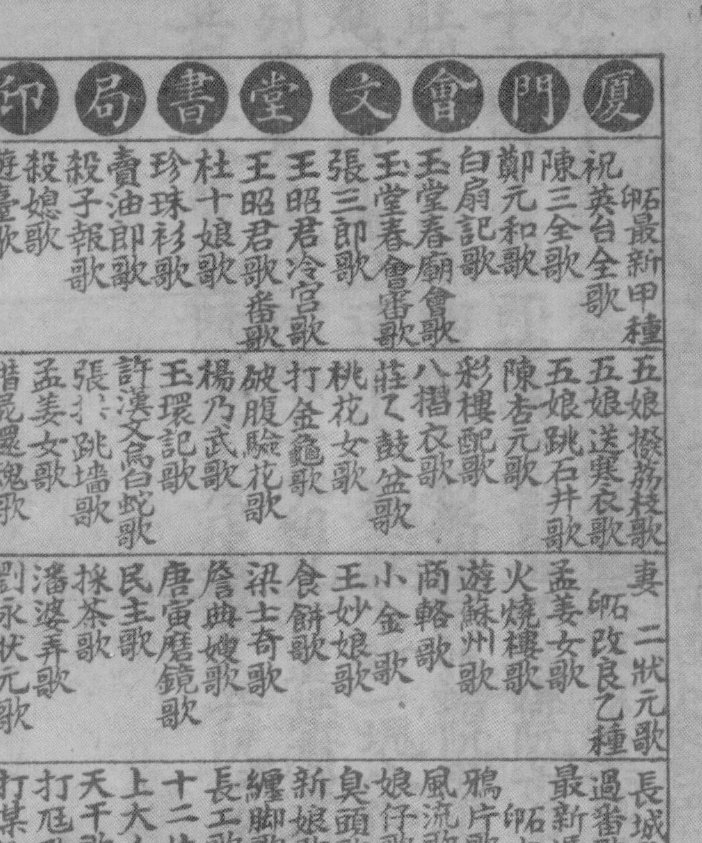

廈門會文堂書局印

石印最新甲種
祝英台全歌
陳三全歌
鄭元和歌
白扇記歌
玉堂春廟會歌
玉堂春會審歌
張三郎歌
王昭君冷宮歌
王昭君歌番歌
杜十娘歌
珍珠衫歌
賣油郎歌
殺子報歌
殺媳歌
遊臺歌

五娘撥荔枝歌
五娘送寒衣歌
五娘跳石井歌
陳杏元歌
彩樓配歌
八揩衣歌
莊乙鼓盆歌
桃花女歌
打金龜歌
破腹驗花歌
楊乃武歌
玉環記歌
許漢文烏白蛇歌
張[illegible]跳墻歌
孟姜女歌
借屍還魂歌

妻二狀元歌
石印改良乙種
孟姜女歌
火燒樓歌
遊蘇州歌
商輅歌
小金歌
王妙娘歌
食餅歌
梁士奇歌
詹典嫂歌
唐寅磨鏡歌
民主歌
採茶歌
潘婆弄歌
劉永狀元歌

長城歌
過番歌
最新憑憚歌
石印大本丁種
鴉片歌
風流歌
娘仔歌
臭頭歌
新娘歌
纏腳歌
長工歌
十二生生肖歌
上大人歌
天干歌
打厄歌
打某翫某合歌

鬧葱歌 合訂
病子歌
守寡歌 訂
過渡歌
打歌
打厄歌
死某歌 合訂
跪某歌
離某歌
廿四送歌
十八摸歌
十二步歌
十二按歌
卅二呵歌

另有價目單者奉贈
兼售南音御前清曲

最新十二碗菜歌
台南博文堂
發行

最新十二碗菜

一塊員棹排歪去
員棹閣罩白棹巾
棹今排好蓮彥椅
蓮吽蒸飯排棹面
也排桔汁共烏醋
湯匙着掛湯匙座
吩咐總舖湯着清
半棹点心用芋棗
各項有共底交代

各位酒杯甲牙著
去罩棹巾恰斯文
交椅壽塊是賞芝
閣排生花直坊神
甘蔗錫皮甲切科
瓜只加買即賞纖
芋哖阮卜换杏仁
一半包蔴一半無
洽有听是就会哉

全棹崩盤甲燒猪
圭鴨與爛着先焐
椅杆閣有刺花字
崩盤四碟併く新
皮旦过炸即不烏
一棹排到好くく
碗盤共阮拴恰新
尾碗点心千重糕
人客小停就単來

博文書局出板

赴請人客恰紳士
圭湯提來配魚唇
也刻仙女送孩兒
各位瓜只甲杏仁
洋豆圭肉配猪肚
下方小娘赴請哥
人客着了会奇禪
不通粗甜即有仔
不遇乎人食嫌呆

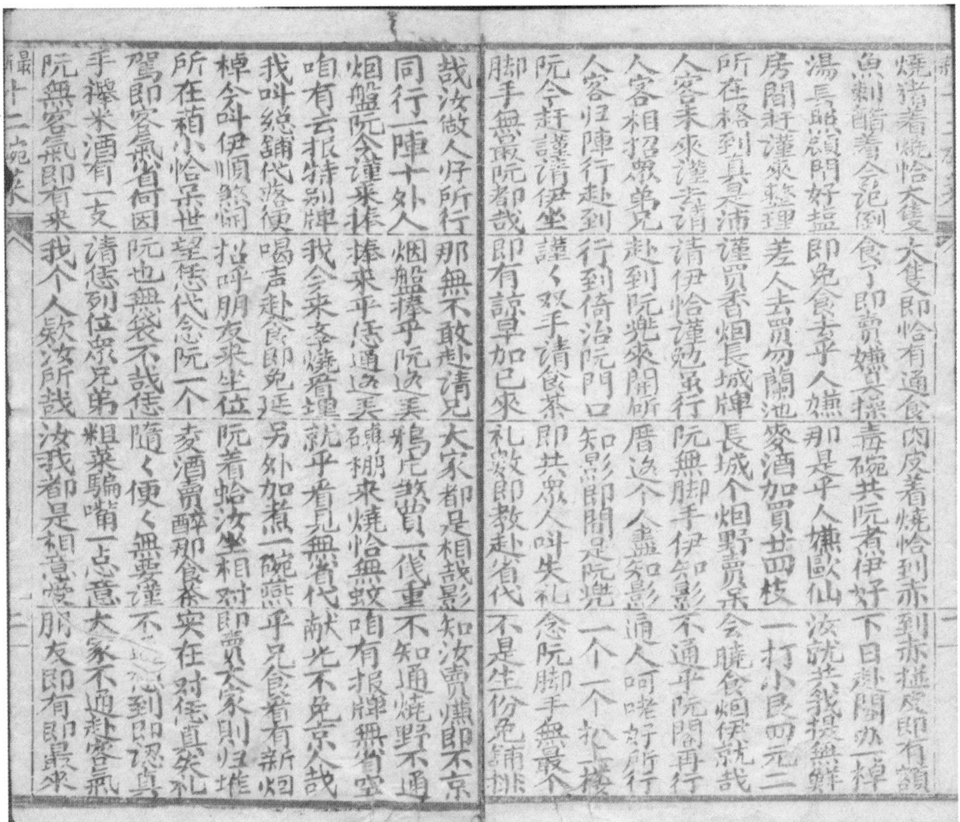

燒猪着燒恰大隻 大隻即恰有通食 肉皮着燒恰到赤 到赤搥皮即有額
魚刺醋着会绝倒 食了即賣嫌其搡 毒碗共阮煮伊好 下日赴閣办一棹
湯長鮑翁門好益 即免食去乎人嫌 那是乎人嫌歐仙 汝就共我提無鮮
房間赶謹來整理 差人去買芴蘭池 麥酒加買廿四枝 一打小良四元二
所在格到真是沛 謹買香烟長城牌 長城个烟野貢呆 会曉食烟伊就哉
人客来來謹去請 請伊恰謹勉承行 阮無腳手伊知影 不通乎阮閣再行
人客相招衆弟兄 赴到阮兜來開所 厝邊个人盡知影 通人呵咾好所行
人客归陣行赴到 行到倚治阮門口 知影即閣是阮兜 一个一个扒上樓
阮今赶謹請伊坐 謹々双手請食茶 即共衆人叫失礼 念阮腳手無最个
腳手無最阮都哉 即有諒早加已來 礼数即教赴省代 不是生份免舖排

哉汝做人好所行 那無不敢赴請兄 大家都是相哉影 知汝賣嫌即不京
同行一陣十外人 烟盤捧乎阮边美 鴉片敷賀一代重 不知通燒野不通
烟盤阮今謹來捧 捧来乎恁通边美 磚棚来燒恰無蚊 咱有振牌無省空
咱有云振特别牌 我今来李燒着燂 就乎看見無省代 献光不免京人哉
我叫総鋪代落便 喝声赴食即免延 另外加煮一碗燕 乎兄食着有新烟
棹今叫伊順[illegible][illegible] 招呼朋友来坐位 阮着恰汝坐相对 即賣大家則归堆
所在稍小恰呆世 望恁代念阮一个 麥酒賣醉那食茶 实在対恁真失礼
罵即客氣省何因 阮也無袋不哉恁 隨々便々無要謹 不[illegible][illegible]到即認真
手攑米酒有一支 請恁列位衆兄弟 粗菜騙嘴一点意 大家不通赴客氣
阮無客氣即有来 我个人歎汝所哉 汝我都是相意愛 朋友即有即最來

長碗出來是正燕 正燕燒々敢無熖 阿君面前看現々 一碗食了結絪緣
正燕太參配杏仁 甜々食了真清涼 娘汝有念相好情 阮有趣俄分汝痛
二碗出來加里圭 無物請兄恰失陪 阿君卜食々伊最 這碗食了結夫妻
加里圭肉熠真爛 便宜好食真有盤 哉娘甲阮同心肝 調來共娘信做伴
三碗出來冬菜鴨 這碗氣味有恰差 阿君卜食々伊飽 即佚乎人看五腳
冬菜煮鴨氣味嗇 尊々是骨真奢哨 娘汝貢麼有幹嚷 到尾大家無相倚
四碗出來炒蝦仁 蛤兄食了恰看覕 那無棄嫌卜做陣 生理長路着認真
蝦仁炒來真正香 透底蝦仁無別項 汝兄不是擋惡人 生理我是做会動
五碗出來毛孤肚 毛孤煮到爛糊々 這碗甲人接恙㧡 菜館總舖即糊塗
毛孤罐長來然爛 三八總舖袂曉看 千千無食了一碗 問因長家卜接盞

六碗出來炒肚占 這碗煮來門好鹽 菜館總舖有高点 即碗食來無犯嫌
肚占食了野是嘴 尊々閣是無礶水 可惜即俊無召最 卜有食了野恰对
七碗出來是燒豬 中央一盤紅燒魚 列位朋友請起著 燒豬食了適食魚
燒豬燒了也久赤 㸃皮大塊也好食 這隻豬仔野大隻 那無那有即有額
八碗出來是崩[illegible] 中央一碗燒豬肝 嘴今現食目現看 阿君不通僥心肝
豬肝有人叫千花 一碗滿々真正最 阿娘个人真賢磨 省人僥心着運回
九碗出來鮑魚肚 鮑魚切到即大柯 即粗叫人接恙㧡 總舖寔在真無普
鮑魚本潛是貢呆 切箱大柯即有魷 好嚮剖到鰲潛㞘 煮到這辦真不該
十碗出來是封圭 封圭伊到爛蛙蛙 卜食着用湯匙底 菜館總舖貢曉衰
圭肉無味咱莫接 食湯野恰有学眼 今日好命倆着咱 那無提錢就為難

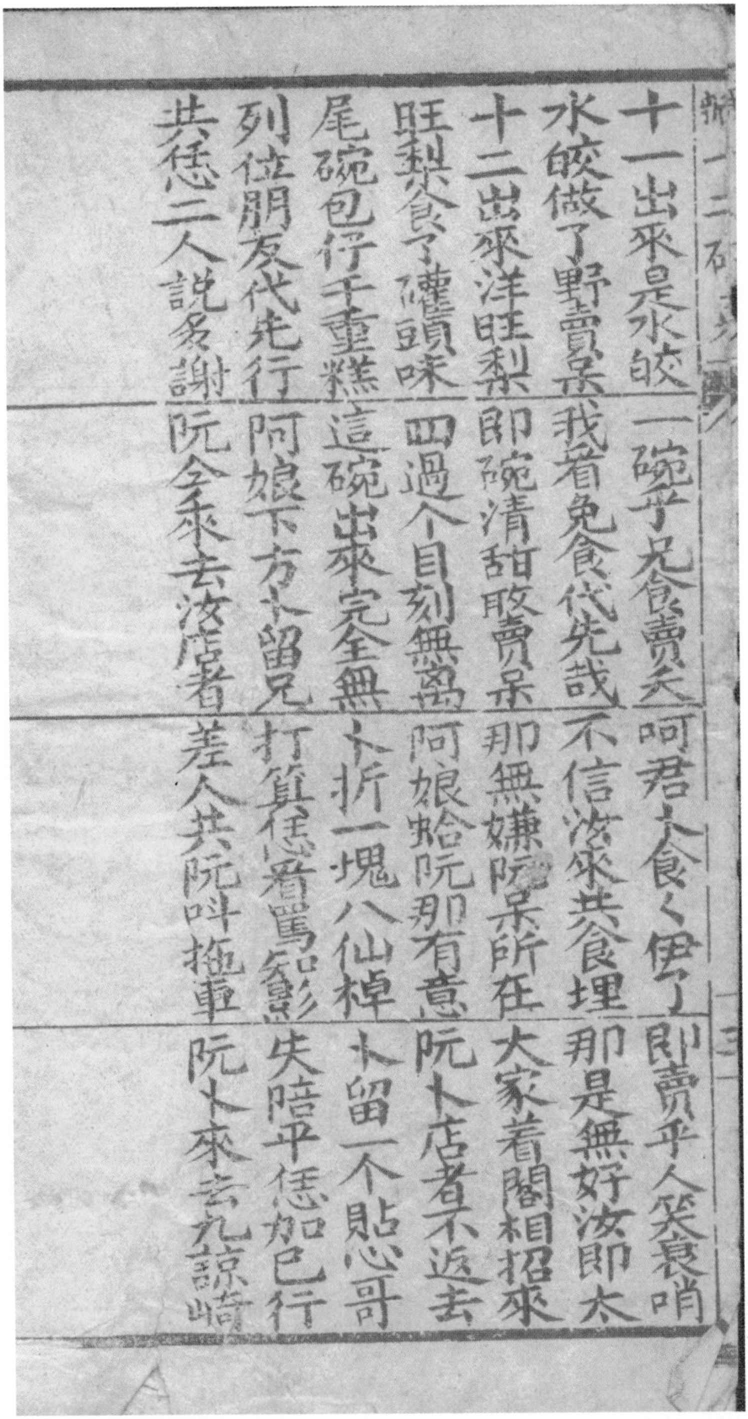

十一出來是水皎　一碗乎兄食賣夭　呵君大食〻伊了　即賣乎人笑衰哨
水皎做了野賣呆　我着免食代先哉　不信汝來共食埋　那是無好汝即太
十二出來洋旺梨　即碗清甜聣賣呆　那無嫌阮呆所在　大家着閣相招來
旺梨食了礶頭味　四過个目刻無离　阿娘給阮那有意　阮卜店着不返去
尾碗包仔千重糕　這碗出來完全無　卜折一塊八仙棹　卜留一个貼心哥
列位朋友代先行　阿娘下方卜留兄　打算恁着罵名影　失陪乎恁加己行
共恁二人說多謝　阮今乘去汝店着　差人共阮吽拖車　阮卜來去九諒崎

附錄三　〈新刊勸人莫過台歌〉清・木刻版

1. 在厝無路　計較東都　欠缺船費　典田賣租
2. 悻悻而來　威如猛虎　妻子眼淚　不思回顧
3. 直至海墘　從省偷渡　不怕船小　生死大數
4. 自帶乾糧　番薯菜補　十人上船　九人嘔吐
5. 乞水洗口　舵公發怒　托天庇祐　緊到東都
6. 乘夜上山　搜尋無路　遇賊相逢　剝去衫褲
7. 不知東北　暫宿山埔　等待天光　行上几步
8. 要尋親戚　跋涉路途　無錢通寄　心酸如醋
9. 拋妻離子　乃是何故　欲求財利　以此來都
10.四目無親　飢寒困苦　忽見親戚　引去牽估
11.一二朋友　相招落廍　食現工賒　欠錢剪布
12.舊衫穿破　無人通補　年終月滿　領取工顧
13.工藝不做　日夜嫖賭　不記前情　思量巧路
14.食鴉片煙　穿烏綢褲　專招少友　言語糊塗
15.結交表妹　綾羅絲布　動頭搖目　朝歡暮樂
16.牽車看戲　伸手相摸　弄嘴斟唇　不顧廉恥（廉恥不顧）
17.工資用盡　陪罵痴奴　一時忿氣　交為賊路
18.鄉保探知　革出門戶　此時困苦　目滓如雨
19.愁苦致病　酒色所誤　要水止涓（渴）　無人照顧
20.命危旦夕　拖出草浦（埔）　雨浸日曝　二目吐吐
21.舌青耳烏（烏）　哀聲叫苦　死無棺木　骨骸暴露
22.豬狗爭食　並無坟墓　家後妻小　不知其故
23.望夫寄信　奉養公姑　非是天命　自入邪路
24.信息一至　眼淚如雨　身死他鄉　妻思別路

25.勸君往台　須當勤苦　貪花迷酒　絕嗣廢祖
26.羊有跪乳　鴉有反哺　罔極深息（恩）　安得不顧
27.若有婚娶　樂爾妻帑　君子知成（戒）　終身不誤
28.來台之人　勿此見惡　勸解親朋　東都勿渡
29.何如在家　晏眠早起　免驚波濤　自如行止
30.朝夕趁侈　夫妻歡喜　也顧坟墓　也育子女

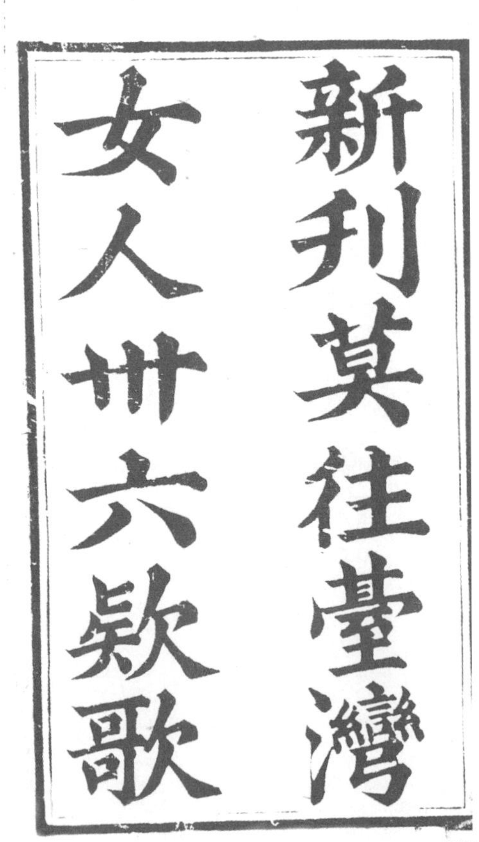

新刊劝人莫過台歌

在厝无路　計較東都　欠缺船費　典田賣租
悻匕而来　威如猛虎　妻子眼淚　不思回顧
直至海墘　從省偷渡　不怕船小　生死大数
自帯乾粮　番薯菜補　十人上船　九人嘔吐
乞水挑口　舵公發怒　托天庇祐　緊到東都
乘夜上山　搜尋无路　遇賊相逢　剥去衫褲
不知東北　暫宿山埔　等待天光　行上幾步
要尋親戚　跋涉路途　无浅通寄　心酸如醋
抛妻離子　乃是何故　欲求財利　以此来都

劝過台歌

四目无親　飢寒困苦　忽見親戚　引去牽佑
一二朋友　相招落廊　食現工賒　欠伐剪布
因衫穿破　无人通補　年終月滿　領取工願
工藝不做　日夜嫖賭　不記前情　思量巧路
食鴉片烟　穿烏綢褲　專招少友　言語糊塗
結交表妹　綾羅絲布　動頭搖目　朝欢暮樂
牽車看戲　伸手相摸　弄嘴斟唇　不顧廉恥
工資用盡　陪罵痴奴　一時忿氣　交為賊路
鄉保探知　草出門户　此時困苦　目滓如雨
愁苦致病　酒色所悞　要水止渴　死人照顧

命危旦夕　拖出草埔　雨浸日曝　二目吐吱
舌靑耳烏　哀声叫苦　死無棺木　骨骸暴露
猪狗争食　並无坟墓　家後妻小　不知其故
望夫寄信　奉養公姑　非是天命　自入邪路
信息一至　眼淚如雨　身死他鄉　妻思别路
劝君往臺　須當勤苦　貪花迷酒　絶嗣廢祖
羊有跪乳　鴉有反哺　罔搖深思　安得不顧
若有婚娶　樂尔妻帑　君子知戒　終身不悞
來台之人　勿此見悪　劝解親朋　東都勿渡
何如在家　晏眠早起　免驚波涛　自如行止

朝夕趁伐　夫妻欢喜　也顧坟墓　也育子女

附錄四　〈新樣台灣種葱歌〉又題〈新刊正月種葱歌〉

賴建銘1958〈清代台灣歌謠　上〉《台南文化》第六卷第一期

1. 正月排來人種葱　下神托佛嫁好尪　嫁好尪　嫁著好尪人人喜　嫁著怯尪討受氣
2. 二月排來人種菜　下神托佛嫁好胥　嫁好胥　嫁著好婿人人愛　嫁著怯胥絕三代　絕三代　恰是月老賢推排
3. 三月排來人刈麥　人人嫁尪傳後世　傳後世　無人嫁尪正業制　十世無尪不敢嫁　不敢嫁
4. 四月排來日頭長　看見阿兄悶眠床　悶眠床　入門趁話說小妹　招兄照鏡心頭酸　心頭酸
5. 五月排來人把船　當今查厶食烏煙　食烏煙　嘴含煙吹面看火　越頭共兄使目尾　使目尾
6. 六月排來日頭紅　當今查厶心耳動　心耳動　別人障好阮就怯　誰人倖心總著死　總著死
7. 七月排來人普施　看恁查厶障行宜　有柴有米不煮飯　討米換菓來過槓來過槓
8. 七月過了八月到　當今少年无存後　會趁錢銀撲大虎　口鬚蔥白叫无厶叫无厶
9. 九月排來是秋透　當今子弟無存後　專作逆天撲白虎　到老目花叫艱苦叫艱苦
10. 十月排來十月熟　早死錢銀不識惜　不識惜　被單綿績當去盡　一時烏寒狡破蓆　狡破蓆
11. 十一月排來是烏陰　最怯查厶雙樣心　有傪有銀抱來嗤　無錢早死怨入心怨入心

12.十二月排來是大寒　燒酒連食一二瓶　一二瓶　勸你燒酒不可食

13.連食七八瓶　七八瓶　酒今食醉假光歸　未曾打某舉柴槌　舉柴槌

14.厝邊嬸姆來勸你　任你仙勸心不開　心不開

15.人人嫁尪愛尪痛　虧阮嫁尪障怯命　人人娶ㄙ來顧家　虧阮娶ㄙ討業債

16.我今伸手打死你　不使縣口夯大枷　夯大枷

新刊正月種葱歌　　文林出版社發行

正月排來人種葱　丨呻扎佛嫁好尫　嫁着好尫人人喜　嫁着呆尫氣丨死
月排來人種菜　丨呻扎佛嫁好婿　嫁着好婿人人愛　嫁着呆婿絕一代
月排來人割麥　ノノ嫁尫傳後世　無人嫁尫着業債　世無尫不敢嫁
四月排來日頭長　看見阿兄悶眠床　入門無話說小妹　指兄叫鏡乚頭酸
五月排來人把船　當今查某食烏煙　嘴亼煙吹面看火　越頭共兄使目尾
月排來日頭紅　當今查某乚耳動　別人障好來背施　看恁查某障行宜
七月過了八月到　當今少年無存後　十票提出不免找　嘴鬚發白即知老
九月排來是秋兒　當今个人無存後　好事不學想卜走　者來有頭無尾梢

附錄五　〈新樣台灣種蔥歌〉又題〈新刊正月種蔥歌〉

杜建坊校正本：（注泉腔本調）

1. 正月排來人種蔥　下神托佛嫁好尪　嫁好尪

tsiã^{1}gəʔ^{8}. pai^{5}lai^{5}.laŋ^{5}tsiŋ^{3}ts^{h}aŋ^{1}，he^{7}sin^{5}t^{h}ɔk^{4}put^{8} ke^{3}ho^{2}aŋ^{1}，ke^{3}ho^{2}aŋ^{1}

嫁著好尪人人喜　嫁著怯尪討受氣

ke^{3}tioʔ^{8}ho^{2}aŋ^{1}laŋ^{5}laŋ^{5}hi^{2}，ke^{3}tioʔ^{8}k^{h}iap^{4}aŋ^{1}t^{h}o^{2}siu^{7}k^{h}i^{3}

2. 二月排來人種菜　下神托佛嫁好婿　嫁好婿

li^{7}gəʔ^{8}.pai^{5}lai^{5}.laŋ^{5}tsiŋ^{3}ts^{h}ai^{3}，he^{7}sin^{5}t^{h}ɔk^{4}put^{8}ke^{3}ho^{2}sai^{3}ke^{3}ho^{2}sai^{3}

嫁著好婿人人愛　恰是月老賢推排　嫁著怯婿絕三代　絕三代

ke^{3}tioʔ^{8}ho^{2}sai^{3}laŋ^{5}laŋ^{5}ai^{3}，k^{h}ap^{4}si^{7}guat^{8}nɔ̃^{2}gau^{5}ts^{h}ui^{1}pai^{5}，

ke^{3}tioʔ^{8}k^{h}iap^{4}sai^{3}tsəʔ^{8}sã^{1}tai^{7}，x.x.x

3. 三月排來人刈麥　人人嫁尪傳後世　傳後世

sã^{1}gəʔ^{8}. pai^{5}lai^{5}.laŋ^{5}kuaʔ^{4}beʔ^{8}，laŋ^{5} x. ke^{3}aŋ^{1}tuan^{5}au^{7}se^{3}，x.x.x

無人嫁尪正業債　十世無尪不敢嫁　不敢嫁

bo^{5}laŋ^{5}ke^{3}aŋ^{1}（tsuaʔ^{4}/tsiu^{3}？）giap^{8}tse^{3}，tsap^{8}si^{3}bo^{5}aŋ^{1}m^{7}kã^{2}ke^{3}，x.x.x

4. 四月排來日頭長　看見阿兄悶眠床　悶眠床

si^{3}gəʔ^{8}.pai^{5}lai^{5}.lit^{8}t^{h}au^{5}tŋ^{5}，k^{h}uã^{3}kĩ^{3}a^{1}hiã^{1}bun^{7}bin^{5}ts^{h}ŋ^{5}，x.x.x

入門趁話說小妹　招兄照鏡心頭酸　心頭酸

lip^{8}mŋ^{5}t^{h}an^{3}ue^{7}səʔ^{4}sio^{2}bə^{7}，tsio^{1}hiã^{1}tsio^{3}kiã^{3}sim^{1}t^{h}au^{5}sŋ^{1}，x.x.x

5. 五月排來人扒船　當今查某食烏薰　食烏薰

gɔ^{7}gəʔ^{8}.pai^{5}lai^{5}.laŋ^{5}pe^{5}tsun^{5}，tɔŋ^{1}kim^{1}tsa^{1}bɔ^{2}tsiaʔ^{8}ɔ^{1}hun^{1}，x.x.x

嘴含薰吹面看火　越頭共兄使目尾　使目尾

ts^{h}ui^{3}kam^{5}hun^{1}ts^{h}ə^{1}bin^{7}k^{h}uã^{3}hə^{2}，uat^{8}t^{h}au^{5}kaŋ^{7}hiã^{1}sai^{2}bak^{8}bə^{2}，x.x.x

6. 六月排來日頭紅　當今查某心耳動　心耳動

lak^{8}gəʔ^{8}.pai^{5}lai^{5}.lit^{8}t^{h}au^{5}aŋ^{5}，tɔŋ^{1}kim^{1}tsa^{1}bɔ^{2}sim^{1}hi^{7}taŋ^{7}，x.x.x

別人障好[27]阮就怯　誰人倖心總著死　總著死

pat^{8}laŋ^{5}tsiu^{3}ho^{2}gun^{2}tsiu^{7}k^{h}iap^{4}，tsui^{5}laŋ^{5}hiau^{1}sim^{1}tsɔŋ^{2}tioʔ^{8}si^{2}，x.x.x

7. 七月排來人普施　看恁查某障行宜　障行宜

ts^{h}it^{4}gəʔ^{8}.pai^{5}lai^{5}.laŋ^{5}p^{h}ɔ^{2}si^{1}，k^{h}uã^{3}lin^{2}tsa^{1}bɔ^{2}tsiu^{3}hiŋ^{5}（kiã^{5}）gi^{5}，x.x.x

有柴有米不煮飯　糶米換粿來過頓　來過頓

u^{7}ts^{h}a^{5}u^{7}bi^{2}m^{7}tsɯ^{2}pŋ^{7}，t^{h}io^{3}bi^{2}uã^{7}kə^{2}lai^{5}kə^{3}tŋ^{3}，x.x.x

8. 七月過了八月到　當今少年無存後　會趁錢銀撲大虎[28]

ts^{h}it^{4}gəʔ^{8}.kə^{3}liau^{2}pueʔ^{4}gəʔ^{8}kau^{3}，tɔŋ^{1}kim^{1}siau^{3}lian^{5}bo^{5}tsun^{5}au^{7}，

ue^{7}t^{h}an^{3}tsĩ^{5}gun^{5}poʔ^{4}tua^{7}hɔ^{2}

嘴鬚蔥白叫無某　叫無某

ts^{h}ui^{3}ts^{h}iu^{1}ts^{h}aŋ^{1}peʔ^{8}kio^{3}bo^{5}bɔ^{2}，x.x.x

9. 九月排來是秋透　當今子弟無存後　專作逆天撲白虎

kau^{2}gəʔ^{8}.pai^{5}lai^{5}.si^{7}tiɔŋ^{1}ts^{h}iu^{7}，tɔŋ^{1}kim^{1}tsɯ^{2}te^{7}bo^{5}tsun^{5}au^{7}，

tsuan^{1}tsoʔ^{4}giek^{8}t^{h}ĩ^{1} poʔ^{4}peʔ^{8}hɔ^{2}

到老目花叫艱苦　叫艱苦

kau^{3}lau^{7}bak^{8}hue^{1}kio^{3}kan^{1}k^{h}ɔ^{3}，x.x.x

10. 十月排來十月熟[29]　早死錢銀不識惜　不識惜

tsap^{8}gəʔ^{8}.pai^{5}lai^{5}.tsap^{8}gəʔ^{8}sioʔ^{8}，tsa^{2}si^{2}tsĩ^{5}gun^{5}m^{7}pat^{4}sioʔ^{4}，x.x.x

被單綿績當去盡　一時烏寒絞破蓆　絞破蓆

p^{h}ə^{7}tuã^{1}mĩ^{5}tsioʔ^{4}tŋ^{3}k^{h}ɯ^{3}tsin^{7}，tsit^{8}si^{5}ɔ^{1}kuã^{5}kau^{3}p^{h}ua^{3}ts^{h}ioʔ^{8}，x.x.x

---

[27] 「障好」，賴建銘（1958）解釋，「障」音正，「障好」，很好。此說有誤，「障」不音正，而是「只樣」之合音詞，/ tsi^{2}iũ^{7}/，「障好」是程度副詞，如此好。

[28] 「撲大虎」，「大虎」、「白虎」，據賴建銘（1958）說法是賭博，如果此說不錯，「撲」就當動詞用，即 / poʔ^{4}/，搏也。

[29] 十月「熟」不作/siek^{8}/，應做/sioʔ^{8}/，農曆十月天氣該寒卻反熱之謂也，俗語「十月熟乞食睏破蓆」，如台東釋迦第二期約在農曆十、十一月上市就叫「熟仔」/sioʔ^{8}a^{2}/，亦有人叫「倒頭」/to^{3}t^{h}au^{5}/。農曆四月上市叫「正季」/tsia^{3}k^{h}ui^{3}/，或「正期」，但因現今農業進步，幾乎全年皆可生產，季節性已不如以往明顯。

11. 十一月排來是烏陰　最怯查某雙樣心　有錢有銀抱來嘁

tsap^{8}it^{4}gəʔ^{8}.pai^{5}lai^{5}.si^{7}ɔ^{1}im^{1}，tsue^{3}k^{h}iap^{4}tsa^{1}bɔ^{2}saŋ^{1}iũ^{7}sim^{1}，

u^{7}tsĩ^{5}u^{7}gun^{5}p^{h}o^{7}lai^{5}tsim^{1}

無錢早死怨入心　怨入心

bo^{5}tsĩ^{5}tsa^{2}si^{2}uan^{3}lip^{8}sim^{1}，x.x.x

12. 十二月排來是大寒　燒酒連食一二瓶　一二瓶　勸你燒酒不可食

tsap^{8}li^{7}gəʔ^{8}.pai^{5}lai^{5}.si^{7}tai^{7} han^{5}，sio^{1}tsiu^{2}lian^{5}tsiaʔ^{8}tsit^{8}nŋ^{7}pan^{5}，x.x.x

k^{h}ŋ^{3}lɯ^{2}sio^{1}tsiu^{2}m^{7}t^{h}aŋ^{1}tsiaʔ^{8}

13. 連食七八瓶　七八瓶　酒今食醉假光棍　未曾打某舉柴槌　舉柴槌

lian^{5}tsiaʔ^{8}ts^{h}it^{4}pueʔ^{4}pan^{5}，x.x.x　tsiu^{2}tã^{1}tsiaʔ^{8}tsui^{3}ke^{2}kɔŋ^{1}kun^{3}，

bə^{7}tsŋ^{5}p^{h}aʔ^{4}bɔ^{2}kiaʔ^{8}「kaʔ^{8}/kɯaʔ^{8}」（giaʔ^{8}）ts^{h}a^{5}t^{h}ui^{5}，x.x.x

14. 厝邊嬸姆來勸你　任你千勸心不開　心不開

ts^{h}u^{3}pĩ^{1}m^{2}tsim^{2}lai^{5}k^{h}ŋ^{3}lɯ^{2}，lim^{7}lɯ^{2}sian^{1}k^{h}ŋ^{3}sim^{1}m^{7}k^{h}ui^{1}，x.x.x

15. 人人嫁尪愛尪痛　虧阮嫁尪障怯命

laŋ^{5} x.ke^{3}aŋ^{1}ai^{3}aŋ^{1}t^{h}iã^{3}，k^{h}ui^{1}gun^{2}ke^{3}aŋ^{1}tsiũ^{3}k^{h}iap^{4}miã^{7}

16. 人人娶某來顧家　虧阮娶某討業債

laŋ^{5} x.ts^{h}ua^{7}bɔ^{2}lai^{5}kɔ^{3}ke^{1}，k^{h}ui^{1}gun^{2}ts^{h}ua^{7}bɔ^{2}t^{h}o^{2}giap^{8}tse^{3}

17. 我今伸手打死你　不死縣口夯大枷　夯大枷

gua^{2}tã^{1}ts^{h}un^{1}ts^{h}iu^{2}p^{h}aʔ^{4}si^{2}lɯ^{2}，m^{7}si^{2}kuĩ^{7}k^{h}au^{2} kiaʔ^{8}「kaʔ^{8}/kɯaʔ^{8}」（giaʔ^{8}）

tua^{7}ke^{5}

附錄六　三首囝仔歌「庵蛄蠐」比較

【庵蛄蠐　哮咧咧　哮欲嫁　嫁何處　嫁市仔尾　市仔尾無綠豆　嫁水鱟
水鱟水裡泅　嫁石榴　石榴欲結子　嫁老鼠　老鼠欲鑽空　嫁釣魚翁
釣魚翁欲釣魚　嫁蟑茲……】廖漢臣〈彰化縣之歌謠〉1960

「漳腔」定韻字：「子」，基韻/i/，定腔字：「鼠/玆」漳腔。

台灣類似以庵蛄蠐，哮咧咧起頭之民歌遍佈全台，因地方聲腔不同而版本各異，若廣為蒐集，可提供方音比較線索。如鹿港唸法：

【暗晡蠐（$\text{ham}_{35}\text{kɔ}_{33}\text{ts}^{h}\text{e}^{13}$）　哮咧咧　哮乜事　哮卜嫁　嫁佗落（$\text{ke}_{11}\text{to}_{35}\text{loʔ}^{5}$）
嫁樹尾　樹尾無通食　嫁尾蝶　尾蝶鵠鵠飛（$\text{bə}_{35}\text{iaʔ}^{13}\ \text{k}^{h}\text{ɔk}_{1}\text{k}^{h}\text{kɔk}_{1}\text{pə}^{33}$）
嫁豬胚　豬胚人嫌細　嫁閹雞　閹雞牯　掠來刣　刣無死　放火燒大姐
大姐走去惦　龜咬劍　劍出火　善人咬柿粿　柿粿必做周
善人咬魚溜（$\text{sian}_{11}\text{laŋ}^{13}\text{ka}_{11}\text{hɔ}_{11}\text{liu}^{33}$）　魚溜水裡泅　老公仔穿破裘
破裘捷捷補　賺錢飼查母　查母倌放尿淒淒濺（$\text{ts}^{h}\text{i}_{11}\text{ts}^{h}\text{i}_{11}\text{tsua}^{33}$）濺到唐山】

【安哺齊　哮咧咧　哮麼事　哮卜嫁　嫁何位　嫁竹頂　竹頂無搓圓
嫁海墘　海墘無綠豆　嫁海鱟　海鱟想卜飛　嫁西瓜　西瓜爾卜刣
嫁秀才　秀才卜中舉　嫁老鼠　老鼠卜挖空　嫁釣魚翁　釣魚翁卜釣魚
嫁蟑署　蟑署卜咬蚊　嫁酒桶　酒桶卜底酒　嫁掃帚　掃帚卜掃地
嫁賣雜貨　賣雜貨搖鈴鼓　出門看查某】北投童謠《台灣風物》4卷21954

既名為北投童謠，卻有一句「海鱟想卜飛　嫁西瓜」不合北投方音－飛/瓜，音/ ue /。原因可能是記音人非北投人。

參考書目

《台灣風物》

1. 林清月　1952〈嘴花秠〉《台灣風物》2卷7期
2. 林清月　1952〈台灣民間歌謠選〉《台灣風物》2卷7期
3. K. G.　1952〈新選笑談俗語歌〉《台灣風物》2卷7期
4. 呂訴上　1952〈姻緣難逃－歌仔戲四句聯〉《台灣風物》2卷7期
5. 楊雲萍　1952〈台灣表子三十六款〉《台灣風物》2卷7期
6. 林清月　1953〈台灣歌謠拾零〉《台灣風物》3卷1期
7. 吳萬水　1954〈士林土匪仔歌〉《台灣風物》4卷5期
8. 陳漢光　1962〈台北市的新童謠〉《台灣風物》12卷4期
9. 施博爾　1965〈伍佰舊本「歌仔冊」目錄〉《台灣風物》15卷4期：41-60
10. 吳瀛濤　1968〈台灣歌謠集〉《台灣風物》18卷3期
11. 曹甲乙　1983〈雜談七字歌仔〉《台灣風物》33卷3期
12. 李李　1992〈一首抗清歌謠—「台灣陳辦歌」〉《台灣風物》42卷4期
13. 張秀蓉　1993〈牛津大學所藏有關台灣的七首歌謠〉《台灣風物》43卷3期
14. 王順隆　1993〈談台閩「歌仔冊」的出版概況〉《台灣風物》43卷3期：109-131
15. 曾品滄　2002〈從歌仔冊《最新十二碗菜歌》看台灣早期飲食〉《台灣風物》52卷3期

《民俗曲藝》

1. 簡上仁　1982〈點燃民俗歌謠的火種〉《民俗曲藝》17期

2. 鄭志明　1987〈台灣勸善歌謠的社會關懷　上、下〉《民俗曲藝》45期 p.142-151、46期p.103-119，1987.3

3. 曾子良　1988〈台灣閩南說唱文學－歌仔的內容及其反映之思想〉《民俗曲藝》54期p.57-77

4. 張炫文　1988〈「七字調」在台灣民間歌謠中的地位〉《民俗曲藝》54期

5. 臧汀生　1988〈試論台灣閩南語民間歌謠之文字記錄〉《民俗曲藝》55期

6. 周榮杰　1990〈台灣歌謠產生的背景上、下〉《民俗曲藝》64、65期

7. 周純一　1991〈「台灣歌仔」的說唱形式應用〉《民俗曲藝》71期

8. 王順隆　2002.6〈「歌仔冊」的押韻形式及平仄問題〉《民俗曲藝》136期

《民俗台灣》

1. 稻田尹　1941〈台灣歌謠集釋〉《民俗台灣1卷1-5號》

2. 陳保宗　1942〈台南の音樂〉《民俗台灣2卷5號》

3. 黃啟瑞　1942〈廢れた歌謠〉《民俗台灣2卷9號》

4. 黃連發　1942〈歌謠より〉《民俗台灣2卷10號》

5. 關尊賢　1942〈童謠抄〉《民俗台灣2卷12號》

6. 海島洋人　1943〈大稻埕童謠抄〉《民俗台灣3卷1號》

7. 葉火塗　1943〈童歌五首〉《民俗台灣3卷6號》

《台灣文獻》

1. 黃得時　1952〈台灣歌謠之形態〉《文獻專刊》3卷第1期

2. 黃得時　1955〈台灣歌謠與家庭生活〉《台灣文獻》6卷第1期

3. 廖漢臣　1960〈彰化縣之歌謠〉《台灣文獻》11卷第3期

4. 玉山　1970〈台灣歌謠〉《台灣文獻》21卷2期

5. 王順隆　1994〈閩台「歌仔冊」書目、曲目〉《台灣文獻》45卷3期

6. 王順隆　1996〈「歌仔冊」書目補遺〉《台灣文獻》47卷1期：73-100
7. 王順隆　1997〈從七種全本「孟姜女歌」的語詞、文體看「歌仔冊」的進化過程〉《台灣文獻》48卷2期

《台灣文化》

1. 廖漢臣　1948〈談談民歌的搜集〉《台灣文化》3卷6期
2. 林清月　1948〈民間歌謠〉《台灣文化》3卷6期
3. 黃得時　1950〈關於台灣歌謠的搜集〉《台灣文化》6卷3、4期

《台南文化》

1. 許丙丁　1952〈從台南民間歌謠說起　上〉《台南文化》2卷1期
2. 許丙丁　1952〈從台南民間歌謠說起　下〉《台南文化》2卷2期
3. 許丙丁　1958〈台南市民間說書藝人〉《台南文化》6卷1期
4. 賴建銘　1958〈清代台灣歌謠　上〉《台南文化》6卷第1期

其他雜誌學報

1. 日.采訪生　1902〈台人の俗歌〉《台灣慣習記事》第2卷第7號　明治三十五年
2. 稻田尹　1940-1941〈台灣歌謠長歌研究〉《南方民族》6卷3號
3. 稻田尹　1940-1941〈台灣歌謠研究〉《台大文學》6卷1-4號
4. 稻田尹　1941〈台灣歌謠選釋〉《台灣》2卷3-8，10號
5. 稻田尹　1942-1948〈台灣歌謠攷說〉《台大文學》7卷2-3號
6. 黃傳心　1953〈雲林民謠〉《雲林文獻》2卷1-2期
7. 介逸　1959〈日據時期及光復後的稻江童謠〉《台北文物》8卷1期

8. 王登山　1959〈台灣南部的民謠、童謠與四句〉《南瀛文獻》5期

9. 陳美地　1964〈從「二南」「國風」談到台北地方流播的民歌〉《台北文獻》第7期

10.顏文雄　1964〈台灣民謠簡史〉《中國一週758期》

11.陳兆南　1993〈閩台「歌冊」目錄略稿－敘事篇〉台灣史蹟研究會論文選輯

12.陳兆南　1994〈台灣歌冊綜錄〉《逢甲中文學報》

13.王順隆　2002〈潮汕方言俗曲唱本「潮州歌冊」考〉古今論衡

14.姚榮松　2000《台灣閩南語歌仔冊的用字分析與詞彙解讀－以〈最新落陰相褒歌〉為例》師大國文學報

16.施炳華　2000.6〈談歌仔冊的音字與整理〉成大中文學報

專書

1. 平澤丁東　1917《台灣の歌謠と名著物語》《晃文館》大正六年

2. 片岡巖　1921《台灣風俗誌》大正十年

3. 伊能嘉矩　1928（昭和三年）《台灣文化志》東京刀江書院，昭和四十年（1965）重刊

4. 稻田尹　1942《台灣情歌集》昭和十七年

5. 黃得時　1952《台灣歌謠之研究》國科會手寫稿

6. 劉鴻溝　1953《閩南音樂指譜全集》菲律賓金蘭郎君社

7. 張再興　1968《南管名曲選集》中華國樂社

8. 吳瀛濤　1975《台灣諺語》台灣英文出版社

9. 李獻章　1978《台灣民間文學集》牧童出版社

10.廖漢臣　1980《台灣兒歌》南投：台灣省政府新聞處

11.臧汀生　1984《台灣閩南語歌謠研究》台灣商務印書館（再版）

12.張炫文　1986《台灣的說唱音樂》省政府教育廳交響樂團

13.陳建銘　1989《野台鑼鼓》台北：稻鄉出版社
14.簡上仁　1992《台灣民謠》台北：眾文
15.吳守禮　1995（1989）〈從「可遇不可求」談早期閩南方言文獻的校理、續談〉《閩台方言研究集（1）》台北：南天書局
16.胡敏聰　1997《澎湖縣的褒歌》澎湖縣馬公市：澎縣文化（附錄：記音符號）
17.張裕宏　1999　十九世紀歌仔冊《台省民主歌校注》文鶴初版
18.王育德　2000《台灣話講座》台北：前衛
19.吳守禮　2001《光緒刊荔枝記戲文校理》個人印行
20.張屏生　2002〈從台灣民間文學材料的收集看歌謠創作的形式特點—以台灣閩南話歌謠為例〉《方言論叢》
21.吳守禮　2006《清道光咸豐閩南歌仔冊選註》《閩台方言史資料研究叢刊11》個人印行

論文

1. 顏文雄　1964《台灣民謠之研究》中國文化大學藝術研究所碩士論文
2. 臧汀生　1979《台灣民間歌謠研究》政大中文所碩士論文
3. 臧汀生　1984.4《台灣閩南語民間歌謠研究》國立政治大學中文研究所博士論文
4. 李李　1985.6《台灣陳辦歌研究》中國文化大學中國文學研究所碩士論文
5. 陳姿听　2002　《台灣閩南語相褒歌類歌仔冊語言研究—以竹林書局十種歌仔冊為例》國立新竹師範學院台灣語言與語文教育研究所碩士論文

國家圖書館出版品預行編目資料

歌仔冊起鼓：語言、文學與文化 / 杜建坊作. --
初版. --臺北市：台灣書房, 2008.02
面；　公分. --(閱讀台灣)
含參考書目
ISBN 978-986-6764-35-6 (平裝)

1.台灣文學　2.台灣文化　3.閩南語　4.文集

863.07　　97001417

閱讀台灣　8V41

歌仔冊起鼓：
語言、文學與文化

作　　者　杜建坊(100.3)
主　　編　Meichiao
編　　輯　Fran Hsieh

發 行 人　楊榮川
出 版 者　台灣書房出版有限公司
地　　址　台北市和平東路2段339號4樓
電　　話　02－27055066
傳　　真　02－27056100
郵政劃撥　18813891
網　　址　http://www.wunan.com.tw
電子郵件　tcp@wunan.com.tw
總 經 銷　朝日文化事業有限公司
地　　址　台北縣中和市橋安街15巷1號7樓
電　　話　02－22497714
傳　　真　02－22498715

顧　　問　得力商務律師事務所　張澤平律師

出版日期　2008年 3月 初版一刷
定　　價　新台幣350元整

台灣書房

台灣書房